戦争は殺すことから始まった

日本文学と加害の諸相

新船海三郎

本の泉社

目次

戦争は殺すことから始まった——日本文学と加害の諸相

＊引用については漢字は新字体に改め、一部片仮名を平仮名にした。

序——戦争体験は語れないが

「戦後七十年」の二〇一五年は、集団的自衛権を行使するための安全保障法制の国会審議もあいまって、日中戦争、アジア・太平洋戦争とはいったい何だったのかが、アンソロジーの出版や絶版になっていたものの再刊などを通じて文学世界でもさまざまに問い直された。私が買い求めたものをあげてみても、小説では『永遠の夏　戦争小説集』（実業之日本社文庫）、大城立裕『対馬丸』（講談社文庫）、『戦争小説短篇名作選』（講談社文芸文庫）、『闇市』（シリーズ「紙礫」一、皓星社）、石川達三『風にそよぐ葦』（上下、岩波現代文庫）、堀田善衛『時間』（同）、吉村昭『昭和の戦争』（全六巻、新潮社）がある。青来有一の長崎被爆を捉えた二著――『人間のしわざ』（集英社）、『悲しみと無のあいだ』（文藝春秋）もあった。数年前に集英社から出された『戦争と文学』（全二〇巻、別巻一）、『火野葦平戦争文学選』（全七巻、社会批評社）も「戦後七十年」を意識して刊行されたものである。年が変わっても、日本ＳＦ作家協会が企画協力した『あしたは戦争：巨匠たちの想像力（戦時体制）』『暴走する正義：同（管理社会）』『たそがれゆく未来：同（文明崩壊）』（ちくま文庫）など、つづいている。

評論・評伝、エッセイ類も多産だった。必ずしも文学者だけのものではないが、年初の日高昭二『占領空間のなかの文学』（岩波書店）にはじまり、金時鐘『朝鮮と日本に生きる』（岩波新書）、野呂邦暢『失われた兵士たち　戦争文学試論』（文春学藝ライブラリー）、波田野節子『李光洙』（中公新書）、川原理子『戦争と検閲　石川達三を読み直す』（岩波新書）、『日韓併合期ベストエッセイ集』（ちくま文庫）、碓田のぼる『渡辺順三の評論活動　その一考察』（光陽出版社）、玉居子精宏『戦争小説家　古山高麗雄伝』（平凡社）、吉田満『戦中派の死生観』（文春学藝ライブラリー）、大岡昇平『対談　戦争と文学と』（同）、川村湊『戦争の谺　軍国・皇国・神国のゆくえ』（白水社）、渡辺考『戦場で書く　火野葦平と従軍作家たち』（NHK出版）、辺見庸『1《イ》★9《ク》★3《ミ》★7《ナ》』（金曜日）、三浦英之『五色の虹　満州建国大学卒業生たちの戦後』（集英社、開高健ノンフィクション賞）などが書棚に並んでいる。

論評にひきつけられ、採りあげられている小説類を引っ張り出したり、見つからないとまた新しく買ったりしたものも少なくない。阿川弘之や野坂昭如の訃報に『雲の墓標』、『火垂るの墓』を読み返したが、それらも棚を埋めた。これに、松尾あつゆき『原爆句抄―魂からしみ出る涙』（書肆侃侃房）など短詩型のもの、ヒトラーやナチスドイツ関連のもの、戦時下を背景にした芸術他ジャンルのものをふくめると、何だか戦争づけの一年だったような気もする。

私は、これらの多くを安保法案審議の国会前に駆けつける電車の中で読んだ。といっても都心にある雑誌編集室へ通うのと同じ路線のことだから、ことさらということではない。再読、再々読のもののなかには、忘れてしまっていることの多さ、大きさに愕然とすることもあった。

たとえば、私は沖縄へ何度も行っている。最初は一九六八年だったから、パスポートを取り、予防注射もして行かなければならなかった。鉄血勤皇隊や護郷隊など少年兵のことは、その最初に行ったときから、当時の琉球大生に聞かされてもきた。吉村昭の『殉国』(初版)を読んだのは、記憶がややあいまいだが、この最初の沖縄行前後のはずである。米兵に一発でも銃を撃ち、ほんとの兵隊になりたくてたまらない主人公の心情に、健気さよりも悲痛な叫びを聞く思いがしたことを、いまでも憶えている。

しかし、こんど読み返して、私は、主人公たちが正規の陸軍二等兵だったことに愕然とした。日本という国は、沖縄にそこまで強いていたのかと暗然とし、怒りが湧いてきたが、同時に、私は私にも腹が立った。十四歳の陸軍二等兵がその後七十年、どんな思いで「沖縄」を生きてきたのか、私が沖縄を思うどこかにそのことへの想像力はあったのか、自分の胸を叩かずにおれなかった。愕然としたのは、その作品の要諦を記憶から欠落させていたことに対してである。

あるいは、夏に見た塚本晋也の映画「野火」である。主人公が手榴弾や猿の干肉などをめぐって友軍兵と争いになり、放り投げられた手榴弾の破片で肩をえぐられ、飛び散った肉片をあわてて拾って口に入れる場面があった。必死の瞬間にとった主人公の何とはないおかしみを誘う行動に、これは監督の創作かと読み返してみた。いつのころからか夏には大岡を読むのを一つの行事のようにし、「野火」も何度となく読んできたが、ついぞ気に止めたことはなかったからである。

あわててページを繰ると、はたして、あった。

…（略）…後で炸裂音が起った。破片が遅れた私の肩から、一片の肉をもぎ取った。私は地に落ちたその肉の泥を払い、すぐ口に入れた。

私の肉片を私が食べるのは、明らかに私の自由であった。

「野火」は、太平洋戦争末期のフィリピン・レイテ島が舞台である。結核を病み、極度の飢えに襲われた主人公は、木の根はもちろん自分の血を吸った蛭まで食べることを余儀なくされるが、それも尽きたとき、彼は猿の干肉を分け与えられ、友軍の屍体に目を向けるようになる。しかし、彼はそれに踏みきれなかった。それがなぜだったのかを追求する作品世界にとって、自分の肉片を口にするのは自分の自由……とえがいたこの場面は、考えてみると作品のヘソともいえるだいじなところだが、私は記憶していなかった。どうやらこれまで、私は作品の周囲をぐるぐる回っているだけで、肝心の中心をつかみ切っていなかったようだ。

主人公は、猿の干肉の正体をおそらく分かっていたろう。しかし、俺が死んだら食えといわれても、彼の屍体に短剣をたてることは出来なかった。短剣を持った主人公の右手は左手に抑えられ、嗜食に踏みきらせなかった。そこに、「私の自由」がないからだった。あるいは、それをおこなうと「自由」をなくすからだった、といっていいかもしれない。論理的な帰結としてそうしたのではなく、どこからともない力としてそれをえがいているところに、大岡の言いたいことがあるように読める。

戦争、戦場、死、飢餓の対極に生と命、人間を置くとき、大岡は「自由」をキーワードにしていたのだ。たんに生きる命、自然存在としての人間を対置したのではないことを、私はもう一度じっくりと考えてみなければいけないと思った。自由は、戦場という極地において（あるいは、だからこそ）、人間として生きるうえで必須のものとえがかれているのである。

ともあれ、作品の要諦を読み落としてきたことを自省しながら、日本文学は多様多産にあの戦争の真実に迫ろうとひたすらであったと、私はあらためて感動したのだった。

秋口、私は呼ばれてある文学愛好者の合評会に出た。小説が現実と同時進行に書かれるものでないことは承知しつつも、それでも安保法国会のことも沖縄のこともない小説、評論がこれでもかと並ぶ文芸諸誌にいささか辟易していた私は、合評作品のなかに八月三十日の国会前集会をクライマックスにした、小なりとも安倍政権にもの申す気組みの小説があることに好感を持った。

が、戦後すぐの生まれで長く教員生活を送ってきた主人公が作中、気心の知れた中学校の同級生数人と連れ立ち、酒場で一杯やりながら安倍政権批判を交わす場面に出くわし、少し違和感をおぼえたのである。彼らは真剣に、独裁ともいえるやり方をどう考えるかと意見を述べるのだが、一人が「これはまるで日中戦争前夜だ」というのに対して、あとの者が「そうだ」と相づちを打つのである。言っていることが的外れだとは思わないし、そういう見方も成立するだろう。違和感は、安倍政権を批判する彼らがそろって戦後生まれだというところにある。一九三七年七月に至る時期を同時代に体験していない者が、あたかもそれを知っているように軽く言っていいものかと思ったのである。私も戦後生まれだが、少なくとも、私にはできないと思った。知識があっても、それに寄りかかってこのように言ってはいけないとも思った。

体験が知識や認識を生み、その根底を成すことはあっても、知識や認識は体験に置き換えられるものではない。しかし、戦争体験者は高齢のうえにも高齢であり、早晩、いなくなる。戦争体験は、体験していない者の手で引き継がなくてはならない。私など団塊の世代には、父親をはじめ親類縁者、また近所のおじさんや教師など、戦争体験者はまわりに溢れていた。

私の中学の国語の教師は、授業が終わるといつも、「ごきげんよう、さようなら」と深々と銀髪の頭をさげた。中学生の私たちには、もったいなさ過ぎるていねいなあいさつだった。

私たちはそれが不思議だったが、三年生の最後の授業を終えようかというとき、彼は、自分が特攻隊の生き残りであることを語ったあとで、徴兵猶予がなくなって大学を中途でやめ兵隊にならなければならなくなったが、満足な別れの言葉も交わさずに級友たちと別れてしまった、そういうことをくり返したくない、戦争は断然拒否するという思いをこめて、授業の終わりにこうやってあいさつをすることにした、と語った。

戦争体験者と、彼らの話をじかに聞いた世代が、人口の圧倒的少数に追いやられているなかで、戦争体験をどう引き継いでいくのか、容易でない課題に私たちは直面している。安倍首相の戦後七〇年談話のように、「日本では、戦後生まれの世代が、今や、人口の八割を超えています。あの戦争には何ら関わりのない、私たちの子や孫、そしてその先の世代の子どもたちに、謝罪を続ける宿命を背負わせてはなりません」と、あとの世代にはもう関係ないとしれっと言ってのけられたら、これほど楽なことはない。

そうではないから、前述の小説の書き手は現在を「日中戦争前夜」と書いたのである。日中戦争とアジア・太平洋戦争の責任は、戦争に関わっているかいないかにかかわらず、日本という国のおこなったこととして世界、とくにアジア諸国とその人々にたいして、あとの世代にもそれとしての責任が、やはりあるだろうからである。それをくり返してはならないと思えば、子や孫の代になって薄れることはあっても、なかったことにするわけにはいかないのである。「日中戦争前夜」の叙述は、そのような誠実な意志から出ていることは疑いがない。

であるとしても、生まれてもいない者が見てきたように語るのはよくないだろう。善意の錯誤は、戦争をフィクションに変えてしまう危険と隣り合わせである。ましてフィクションの世界での叙述であれば、その危険はいっそう増すといわなければならない。

ところで、戦争体験にはいうまでもなく加害と被害の両面がある。被害は語りやすく、加害は、「百人斬り」などのバカな自慢話をのぞけば口をつぐむ。広島、長崎、沖縄、そして三月十日の東京大空襲など各地の空襲の語り部はいても、中国を語る者はいない。

野呂邦暢『失われた兵士たち』が夏に文庫として出たとき、これに快哉をあげた人は少なくなかったように思う。自衛隊員限定の会誌『修親』に連載され、単行本になったのが一九七七年、二〇〇二年に新装版が再刊されたが、ほとんど入手困難になっていた。私は初版本を人に貸し、そのままになっていたから、書店で文庫本を見つけたときは思わず声をあげそうになった。あれを読みたいなと思い出していたからだ。

しかし、戦記五百冊を渉猟し、将校ら軍中枢に近い者たちの自慢話や公式見解を出ないものをのぞいたという、その野呂の本でさえ、克明にかつはげしい憤りを以てたどられるのは、参謀たちの無能、理不尽によって「失われた兵士たち」の無惨、被害の実相である。

たとえば、ニューギニア・ビアク島の守備隊が数十日の激闘の末に「玉砕」したとき、周辺の各種部隊は二百キロ西方のソロン、あるいは百キロ南方のイドレへ向かって転進を命令される。四十日の行程をわずか三日分の食糧を持たされて出発し、夜間に限っての行進数十日は、この世の地獄だったと一兵士は語る。「死の行進」といえばバターンのみが話題だが、ソロン、イドレへのそれにくらべたら子どもの遊びに等しい、と野呂は書く。

ルソン戦では、ベンゲット路を守備し、一日にマッチ箱一杯の米で、全員が病いと飢えのために歩くのに杖にすがるほどになりながら、わずか七十余名でアメリカの歩兵連隊一個大隊を向こうに回して三月から四月下旬まで（一九四五年）、一兵も侵入を許さずにたたかった部隊がある。指揮官は二十一歳の中尉。上官への信なくして命をかけない兵士であれば、部隊がいかに彼を慕い信頼していたかが窺われる。野呂はそのことを、最低といってもいい無能か臆病な高級将校と対比して書き留めている。

四か月の安保法国会の論議で、安倍首相は安全なところでの「後方支援」をさかんに強調した。「後方支援」とはつまりは食糧・弾薬などの輸送に与る兵站のことであるが、野呂が紹介したニューギニアやルソン戦線には、兵站はないも同然になっていた。東アジア、南太平洋のシーレーンはすでに連合国側に抑えられ、大本営陸軍部の兵站部がいくら計画を立てようとも、実施されることはなかった。彼らは、まったくの安全地帯で机上の計算をしていたに過ぎない。袋詰めの米を海流に乗せて運ぼうと、とても正気とは思われない計画を大真面目に立てたともいわれる。

戦争初期の、食糧は現地調達の方針はもとより、「安全」な後方支援なるものほどいいかげんな作戦はないのである。安倍政権が踏み出そうとしている「戦争のできる国」がこの轍を踏むとは思わないが、兵士を使い捨てる思考においては同様であるところに、〝戦争坊や〟のおぞましさを思う。

ともあれ、野呂の精魂こめた一書は、累々たる兵士たちの窮状、惨死の集積である。しかし、これは野呂の恣意的選択ではなかったろう。野呂がこれを連載したのは一九七五年から七七年。戦後三十年のあいだに出版された戦記に、目を止める日本兵の加害の記録はなかったのである。そしてその後も、あの戦争における日本軍の加害が記録されることはほとんどない。

何だと？　アジアの盟主か兄か、そりゃ上の方の人がどう思ってるか知らんがね、神兵でも何でもないね、現実の兵隊は。強盗で人殺しで火つけで強姦ばかりして。

富士正晴は直木賞候補にもなった「帝国軍隊における学習・序」で、こう書いた。戦争から帰ってきた友人の兄の軍医が、やがて召集される主人公に語るのである。中国戦線に派遣されたその軍医は、退屈まぎらしに、「シナさんのゲリラの捕虜」に実験をした話もする。血管に空気を入れると死ぬと本に書いてあるので試したところ死ななかった、勘弁してやろうと思ったが、それならどれくらい放血したら死ぬか試そうということになってやった、医学書に書いてあるよりずっとたくさん放血しないと死なない、とうそぶく。

作品冒頭からこのような件を読まされると、気持ちは萎える。が、富士は、戦争とは、軍隊とは、どういうものであるかを坦々と綴る。とぼけた味わいもあるが、視線は揺るがず、しかも、作者は埒外というような逃げもない。自分もまたこの帝国軍隊の一員であったことを、筆圧は軽いが刻むように綴る。そこに作家の誠意を感じる。

富士は一九四四年三十一歳で応召し、中国戦線を転々とするが、戦争にのぞみ、必ず生きて帰ること、戦時強姦をしないこと、大いに飯を食うこと、ビンタを張られても無理な仕事は避けることという鉄則を立て、「自称・三等兵」の立場を貫いたことは知られている。鉄則は、戦地へ向かう以前に、上記のような体験から強く期したことだったのだろう。

富士がこれを『新日本文学』に発表したのは一九六一年である。六〇年の日米安保条約の改定、またそれに反対する国民的大運動がどのように影響したのかは分からないが、私は、後に「竹林の隠者」と呼ばれる富士の心底の剛直を思う。鶴見俊輔が富士の個展（富士は書画もよくした）を観てべ平連の結成を思い立ち、その場から小田実に連絡をとったという逸話もうなずけるのである。*

堀田善衛『時間』が二〇一五年に再刊されたのには、たしかに意味がある。いや、この時期に再読することに、重い意味があるという方が正確かもしれない。南京事件を中国人知識人の視点から手記のかたちでえがいたこの作品が問うのは、人間とはなにか、どういう存在であるか、に尽きる。

……三七年の十二月十三日の午後だった。城の内外ともに集団的戦闘が終止したのは。それから約三週間にわたる、殺、掠、姦——。

はじめのあいだは、学堂の内に満ちた老若男女、百口交々《こもごも》に哭いて哀鳴聞くにたえなかった。ときには何人も一度に殺すらしく、愴呼乱起して思わず眼を瞑り耳に手をやりたくなった。また、一撃で死ななかった場合の様子も手にとるように耳で見ることが出来た。一刀、饒命の叫び、二刀、叫び声はようやく微に、三刀、寂然として声なし。このあいだに、われわれのあいだで、子どもが二人落命した。原因はわからぬ。気死した、とでも云うのだろう。この日殺されたものは三百名に達したろう。

語り手は、念のためにくり返せば中国人である。彼に借りた作者・堀田の目と耳であり、心である。人倫の欠片さえなくなった暴虐の南京、一九三七年十二月中旬からおよそ三週間の時間のなかで、堀田は、被害者である中国人知識人をあえて主人公にして、彼の目に映ったものを見ようとし、耳に届いた声と音を聞こうとし、心に吹いた風をつかもうとする。これは、戦争だからやむを得ないことに出来るのか、そこに自分がいたらどうしたのか、自分はやらなかったか、あるいは、そこにいなかったからといって俺のやったことではないといえるのか、作品の底に悲しいまでの自問が流れる。読んでいる者のそれであるかもしれない。

　南京事件と前後する時期の中国戦線における戦闘や日本軍の行状については、知られているように、石川達三の『生きてゐる兵隊』や火野葦平の『土と兵隊』『麦と兵隊』が同時期に書かれたものとしてある。それらもまた、堀田のように人間を深くえぐって突きつける問いはないものの、日本軍の実態を伝える。

　辺見庸は『1《イ》★9《ク》★3《ミ》★7《ナ》』で、堀田の『時間』を縦糸にしながら、南京事件を中心に日本と日本人が記憶の底に折りたたんできたものを問題にしている。辺見は、日中戦争における中国人の戦死者をむりやり低く見積もって一千五百万人とし、これを死者を含む日本軍将兵数（二百三十万人）で割って、日本兵一人あたり六・五人の中国人を殺戮したことになると数字をあげる。量の大小を問おうというのではない。そのおびただしい犠牲者にともなうべき生々しい人間身体の「物語」があまりに少なすぎるというのである。南京事件でさえ、まぼろしと言いはやされてかなりの時間が経つ。

　辺見は、自分の父親もまた中国戦線にかり出された一人であったという。父はそこで何をやったのか、殺したのか、犯したのか、聞いておくべきだったと自省しつつ、小説『時間』はもとより関係文書を集め分析し、追求している。それは、息子であるからだろうが、今を生きる日本人の一人としての責任でもあろう。記憶を地底ふかくに埋め、なかったことにして戦後を生きてきたがために、安保法制などという亡霊が甦ってしまったのだとしたら、目を塞いできた責めは自分も負わなければならない。辺見の心底には並々ならぬ憤怒と自責がある。

話は少し横に行くが、私は昨年末、地元の九条の会が開いた「平頂山事件」の学習会に参加した。「満州国」建国半年後の一九三二年九月に、撫順炭鉱を襲撃した抗日義勇軍を「反満抗日ゲリラ」として、その「掃討」に借りて炭鉱に隣接する平頂山集落の約三千人を殺害した事件である。当時、撫順には独立守備隊第二大隊第二中隊二百六十人が駐屯していたが、しばしば、抗日義勇軍「遼寧民衆自衛軍（大刀会）」とのあいだに市街戦がたたかわれた。ある日、大刀会が撫順炭鉱を攻撃するとの情報があり、独立守備隊は厳重な警戒をおこなっていたが、その目をかいくぐって炭鉱への攻撃がおこなわれ、守備隊に加えて退役軍人らからなる防備隊、憲兵隊、警察隊などがたたかったものの、守備隊はまったく面目を失ってしまった。

平頂山事件は、いわばこれへの報復のようなかたちで、村民が大刀会と通じていたと見なして起きた。独立守備隊の兵士と憲兵隊は、村民を南西の崖下に集め、数丁の重軽機関銃の一斉掃射によって虐殺した。息のある者を見つけると銃剣でとどめを刺し、村に火を放って集落そのものを消した。翌日には、死体にガソリンを撒いて焼却し、その後、ダイナマイトで崖を崩して死体を埋め、土砂で覆い隠してしまったのである。

この実行にあたったのは井上小隊約四十人といわれる。辺見庸に倣って計算すると、日本兵は一人あたり七十五人の無辜の中国人を殺害したことになる。中隊全員であたったとしても、十一・五人である。

この桁外れの組織的虐殺事件は、戦闘中のことではない。軍関係書類いっさいが焼却されたために関東軍の関与など事件の真相は闇の中とはいえ、戦時中はだれも責任を問われず、秘匿された（戦後、国民党政府によって裁判がおこなわれたが、炭鉱関係者らだけで、それも無罪の者もあったといわれる。軍関係者の処罰は現在に至るもない）。その結果、何をやっても罪にならないという免罪符を兵士たちに与えてしまい、この後の中国戦線における日本軍のほしいままの殺害、略奪、陵辱を呼ぶことになった。

問題はそれにとどまっていない。この事件は戦後、関与した兵士の記憶からも日本の歴史からもすっぽり抜け落ちてしまった（一九九六年、事件当時四〜九歳だった三人の生存中国人男女が日本政府に国家賠償を求めて訴訟を起こした。一、二審とも虐殺の事実は認めたものの賠償要求は棄却、二〇〇六年、最高裁は国家無答責の原則をたてに上告棄却、結審した。その過程で、日本人の証言者も出てきた）。なかったことにして戦後を歩んできたのである。事件が知られるようになったのは、本多勝一が「中国の旅」（一九七一年〜「朝日」連載）に書いたことによってであり、戦後も四半世紀を過ぎてからのことである。

辺見庸は先の著書で、堀田の『時間』が文庫化され少なくない読者に読まれたにもかかわらず、一部の例外を除いてさして話題にならず、その真価を認められることはなかったと指摘している。作家が投げかけた問題が文壇や思想界ではげしく議論された形跡はなく、スケッチした大量虐殺に世評がつよく反応した痕跡もない、という。「『圧殺』といったあからさまなかたちではなく、無視ないし黙殺という、いかにも戦後日本的手口で、つきせぬ謎を秘めた『時間』のしじまとさけび、闇と血の海は、いずれにせよ野ざらしにされてかえりみられなかったのだった」と述べ、「物語『時間』の黙殺と忘却は、わたしにとって、南京の虐殺をながれた『時間』そのものの無視にもみえてならない」と絞り出すように言葉をつづけている。

黙殺、忘却、無視……は過去のことではない。現代日本もそうである。だから、私たちは屑籠をあさってでも引っ張り出して、日本の加害をあらためて認識しなくてはいけない。幸い、日本文学は豊穣である。中国戦線における蛮行や軍兵をえがいた作家たちは、この間に私が読んだものだけでも、先に挙げた以外に武田泰淳、洲之内徹、古山高麗雄、伊藤桂一、田村泰次郎、佐藤泰志、木山捷平、千田夏光などいくらもいる。詩人・井上俊夫の殺戮を吐露する重さもあれば、殺戮を拒んだ歌人・渡部良三の小さくも大きい抵抗の歌もある。

これらをフィクションとしりぞけるのでなく、えがかれた作品世界の奥に佇むリアルに目を注ぎ、作家たちのえがこうとした心底の声に素直に耳を傾ける必要があるだろう。小説の読みもまた人生以上に出ないものであれば、戦争を拒み、殺すことを拒み、殺されることを拒む、やさしくもつよい意志があれば、リアルは真実を語ってあまるにちがいない。戦争をフィクションにしてはならないが、フィクションから真実をつかみ取ることを怠ってもいけない。

加害を知り、語るのは心重いことであるが、もはや黙殺、忘却、無視の列に加わるわけにいかない以上、踏ん張って背負って生きていくほかない。戦後生まれに戦争体験は語れなくとも、そのように受け継いでいくことは出来ようはずだからである。

＊こう書くと何やら伝説めいてくる。事実は、富士の個展会場に詰めていた鶴見俊輔のところにある学者が来てべ平連の相談をし、それで鶴見が小田実に電話をしたところ、小田は即座に承知したということのようだ。いずれにしても、二人と知り合いだった富士が取りもったとはいえる。ちなみにこの個展は、東京の文藝春秋画廊で開かれた。受付に吉川幸次郎や鶴見が座り、桑原武夫が来場者に説明をし、貝塚茂樹は「会場と外界とを蜜蜂のごとく往来し、美女を連れてきては絵を買わしていた」（富士「貝塚さんはどんな人」）といわれる。

一、それを見た作家たち

「生きてゐる兵隊」の伏字、削除

一九三一年、「満州事変」を契機に中国侵略を公然と開始した日本は、一九三七年の盧溝橋事件から日中全面戦争へと突入した。この時期の戦場と兵士たちをいち早く小説として発表したのは、石川達三「生きてゐる兵隊」(一九三八年、『中央公論』三月号)、火野葦平「麦と兵隊」(同、『改造』八月号、単行本を九月に改造社より刊行)、「土と兵隊」(同、『文藝春秋』十一月号、改造社より刊行)である。

「生きてゐる兵隊」は一九三七年十二月、中国北部から南京へ転戦した「高島本部隊」の戦闘をえがいている。石川達三が志願して現地に赴き、南京、上海で十日余り取材をし、帰京して三百三十枚(四百字詰め)を一気に書きあげたといわれている。

高島隊は、残暑のころ天津近くの太沽に上陸したあと中国兵を追って子牙河沿いに南下する。友軍が石家荘を占領したのを聞き、石家荘の南、寧晋という部落に集結してしばしの休養をとったときには、秋深く霜が降りるようになっていた。「生きてゐる兵隊」は、部隊本部用にと徴発した民家が焼ける場面から始まる。二十二、三歳の中国人青年の仕業だった。痩せて貧しい服装、首筋も手足も垢でまだらになった彼は、「自分の家に自分で火をつけたんだから俺の勝手だ」と嘯く。笠原伍長は青年を部落はずれに引き連れて行く。一頭の支那馬が尻を突き出して死んでいるクリークの側に立った。青年の後ろに回った笠原は、日本刀を抜く。それを見た青年はがくりと泥の中に膝をつき、早口に大声で叫びながら、笠原に向かって手を合わせて拝みはじめた。

「えい!」

一瞬にして青年の叫びは止み、野づらはしんとした静かな夕景色に返った。首は落ちなかったが傷は充分に深かった。彼の体が倒れる前にがぶがぶと血が肩にあふれて来た。体は右に傾き、土手の野菊の中に倒れて今一度ころがった。だぶんと鈍い水音がして、馬の尻に並んで半身はクリークに落ちた。泥だらけの跣足の足裏が二つ並んで空に向いていた。

戦争小説とはいえ、いきなりの惨殺場面である。しかも、何の罪科もない中国青年への処断。勝手に奪って、抗議されると殺す――まるで、中国との戦争そのものを象徴するかのようである。だが、作者にその意図はない。

部隊は、休養といえるほどの間もなく石家荘へ行軍、そこから列車に乗って北京、天津、さらに北上して奉天へと出る。列車が南下して大連へ向かうと、凱旋だ！　と声があがり、喜色が顔面を覆ったが、土産を買うことを戒められ、海岸まで行軍して上陸作戦の訓練がくり返されると、新しい戦線に向かうことを思い知る。やがて部隊は三隻の船に分乗して大連を出、北方部隊と杭州湾に上陸した南方部隊が上海包囲を完成したなかを揚子江に入っていく。

小説は、上陸した兵士らの、老婆からの水牛の掠奪、女性漁り、乳飲み子を抱えた婦人にとどまらず、その母を慕って泣く乳児もどうせ野犬の餌食になるだけだと殺害する無法、あるいは、教師や僧侶、医師といったインテリたちの、徐々に戦場になじみ、変化し、精神を破綻させていく姿をとらえていく。

「北支では戦後の宣撫工作のためにどんな小さな徴発でも一々金を払うことになっていたが、南方の戦線では自由な徴発によるほかに仕方がなかった」、「彼等は大きな歩幅で街の中を歩きまわり、兎を追う犬のようになって女を捜し回った。無軌道な行為は北支の戦線にあっては厳重にとりしまられたが、ここまで来ては彼等の行動を束縛することは困難であった。／彼等は一人一人が帝王のように暴君のように誇らかな我儘な気持ちになっていた。そして街の中で目的を達し得ないときは遠く城外の民家にまで出かけて行った」とえがくところからは、満州国建国をふくめた北支戦線と南方戦線との戦争の違いもうかがえる。第二次国共合作による中国の対日抗戦の統一、国民党政府から親日派の追放という、それまでにはない新しい中国の情勢がそこに介在した。

石川達三は、その戦争の変化が兵士たちをいっそう殺伐とさせていく様を容赦なくえがいていく。といっても、石川は兵士をそうさせたものをつきとめようとするのではない。「戦争は国家の事業」、「戦争ということの国家的な意味はよく分かっていて批判の余地はない」として肯定し、「大東亜共栄圏」を築くために兵士たちが戦場でどれくらい苦闘しているのかを国民は知るべきだと考えているのである。

のちにこの小説が発禁処分となって法廷に立った石川達三は、〝国民は兵士を神様のように思い、占領したところにはたちまち楽土が建設され、中国人もこれに協力しているように考えているが、戦争とはそのようにのどかなものではない。戦争の真実を知らせ、国民に非常時を認識させ、この時局に確固とした態度を取らせるために必要だと信じた。南京陥落にたいして提灯行列のお祭り騒ぎをしたが、憤慨にたえなかった。戦争がいかなるものか、本当に知らさねばならないと考えた〟と言う。モチーフはそこにおかれた。

石川達三の思いは筆に乗りうつるようで、おそらく「検閲」など気にもせずに書きあげたのだろう。それだけ、編集部は苦労することになる。

一般的に、「生きてゐる兵隊」は『中央公論』三月号に発表されたものの店頭に並ぶいとまもなく発売禁止となり、一般読書人の目にふれるのは一九四五年の敗戦の年の暮れ十二月に単行本として出版されてからになった、ということになっている（半藤一利「『生きてゐる兵隊』の時代　解説に代えて」＝中公文庫）。ところが、「生きてゐる兵隊」には数種類のバージョンがあったという。川原理子『戦争と検閲　石川達三を読み直す』（岩波新書）によれば、二月十二日に脱稿した原稿を十七日の配本に間に合わせるために相当、無理をして編集したことがうかがえる。検閲に引っかからないよう幾度も校正をかさね、伏字、削除などやれるかぎりの手を尽くしたうえに、校了刷の輪転機を止めて鉛版を削ることまでやった。そのために、作品刷には削除跡も生々しい空白のある版とそうでない版の二種類ができ、それを綴じる段階でさらに複雑に組み合わされて数通りの「生きてゐる兵隊」が出来てしまったのである。

発行部数は七万三千部、検閲のために当局に納本する前に七万部が委託販売に出され、二千部を寄贈先に送ったといわれるが、それぞれ少しずつちがう作品が検閲時には流出してしまっていたのである。もし原稿が早く入り、用意周到に編集・製本し、早くに当局に提出していたら、発売禁止の処分を受けていっさい日の目を見ることはなかったろうが、何が幸いするか分からない。「生きてゐる兵隊」は伏字、削除だらけとはいえ世に出てしまい、店頭にも並んでしまった。

当局は大わらわで押収した。しかし、差し押さえたのは五万四千部余りで、寄贈本をふくめ約一万八千部はそのままとなった。石川達三の日記によれば、三月五日付に「内田百閒は『憂国の一大叙事詩』といった由。／斎藤茂吉は『事変関係文学として唯一後世に残るものだ』といった由。／武田麟太郎は感激したと語り、小川五郎は日本にはなかった文学だと称した。」と書き留めている。贈呈された作家たちはさっそく読み、感想を送っていたのである。

中央公論社は作品を切除して改訂版のスタンプを捺し、三月号を出した。二月下旬、石川達三は特高警察に呼び出された。こうして「生きてゐる兵隊」は筆禍事件になった。

宮本百合子もまた「生きてゐる兵隊」を読み、一九四〇年六月、「昭和の十四年間」でその批評を書いた。軍事的な意味から忌諱《きき》に触れたものとし、文学的のこととしてみれば、当時の文学精神を強く支配しはじめていた「意欲的な創作意図の一典型とみられる性質の作品」と述べ、こう評している。

その小説でまだ何人も試みなかった「生きてゐる兵隊」を描き出そうとしたのであろうが、作品の現実は、それとは逆に如何《いか》にも文壇的野望とでもいうようなものの横溢《おういつ》したものとなっていた。作者はその一二年来文学および一般の文化人の間で論議されながら時代的の混迷に陥って思想的成長の出口を見失っていた知性の問題、科学性の問題、人間性の問題などを作品の意図的主題としてはっきりした計画のもとに携帯して現地へ赴《おもむ》いた。そでの現実の見聞をもって作品の細部を埋め、そのことであるリアリティを創《つく》り出しつつ、こちらから携帯して行った諸問題を背負わせるにふさわしい人物を兵の中に捉《とら》え、まったく観念から人間を動かして、結論的にはそれらの観念上の諸問題が人間の動物的な生存力の深みに吸い込まれてしまうという過程を語っているのであった。

さらに、こう指摘している。

人間の問題を生活の現実の中から捉えず、観念の中にみて、それで人間を支配しようとする傾向は、昭和初期以後の文学に共通な一性格であるが、この作品には実に色濃くその特徴が滲《にじ》み出していて、作者が自身の内面的モティーヴなしに意図の上でだけ作品世界を支配してゆく創作態度が目立っている。

宮本百合子の分析は、表題にあるように――「満州事変」から四年を経て日本の文学上にあらわれてきた能動精神の提唱と行動主義、ヒューマニズム、散文精神、民衆の文学、報告文学……をたどってのもので、作品内容を紹介はしていないが、石川達三という作家と「生きてゐる兵隊」をその文芸思潮に位置づけたものである。論考は日本評論社発行の『日本文学入門』（一九四〇年八月）のために書かれたもので、時局を見て筆運びは慎重である。慎重ではあるが、「憂国の一大叙事詩」「事変関係文学として唯一後世に残るもの」というような単純な評でないことは分かる（もっとも、これらの言葉も献呈本にたいする答礼を兼ねた作家への私信だから、幾分かは割り引かなければならないが）。

宮本百合子の評言はきびしい。作家よ踊るな、時流に阿るな、書かねばならないものはもっとほかにあろう、といっているように私には聞こえる。百合子の指摘は、たとえば――知性や科学、人間性の模索などというものは戦争・戦場においては感傷に過ぎず、そこにおいて支配するのは、死にたくなければ殺すしかない、生への動物的本能だと石川は書いているが、文学は果たしてそれでよいのか、との問いだろう。戦争が人間をそうさせるのだから、人間はそうなってもやむを得ないとするだけでよいのか、との疑義だろう。小説を書く者のモチーフは、一兵をそうさせているものは何なのかを見据えつつ、生きるためには殺すしかないという動物的本性にではなく、戦争・戦場の極限においてなお彼らの生の上に置かれる我らの生はどうあるべきかの、必死の問いでなければならない――というものではないだろうか。

戦争に死はつきものだとしても、死を必然とさせないための知性、科学、人間性は可能であり、また可能にさせなければならない――日中戦争の全面的展開からやがてアジア・太平洋戦争へと突き進む時代に、宮本百合子が指摘した言葉は重い。が、いったん転がり出した戦争という車は文学の評言ぐらいでは止まらない。止めるためのもっと大きな力の形成にどう与るか、文学は自己表現やたつきの算段のためにあるのではないとあらためて思わされる。

ともあれ、「生きてゐる兵隊」は国外にも流出した。当時の読売新聞は、「生きてゐる兵隊」が問題になっている折柄、意外にもアメリカに渡り、日系二世の手で英訳・出版されようとするところを領事館が取り押さえ、数千部を押収した、と報じた。都新聞には、「奇怪！　支那紙に『未死的兵』」と大きな見出しの記事が載った（「未死的兵」に「生きてゐる兵隊」とルビが振られている）。上海で発行されている米国系資本の漢字紙「大美晩報」に、「生きてゐる兵隊」が堂々と訳載され始めたと伝え、作品の入手経路に不審を表明している。前出の川原によれば、中国では次々に翻訳、出版され、一九三八年六月に上海文摘社が張十万訳『活着的兵隊』を、七月には広州南方出版が夏衍訳『未死的兵』を出している。「生きてゐる兵隊」はロシア語にも訳されたといわれており、〇〇××や削除で文意のまったく通らない箇所はあったにしても、当時、国内外で小さくない反響を呼んだといえるだろう。もちろん、それが石川達三や中央公論社の立場をさらに不利に追い込んだのはいうまでもない。

一九三九年三月十八日、第二回公判で石川達三は禁固四か月、執行猶予三年の判決を受ける。「皇軍兵士の非戦闘員殺戮、掠奪、軍規弛緩の状況を記述したる安寧秩序を紊乱する事項」を執筆した、というのが判決理由だった。

「生きてゐる兵隊」は、念のためにいっておけば南京事件を直接えがいたものではない。その最大の前哨戦ともいえる十二月十二日の紫金山攻防戦をクライマックスに、そこへの行動、戦闘をえがいたものである。が、この小説を読んでいると、南京もまたそうであろうと十分に予想されるのである。すでに、事件発生直後の十二月十五日以降、アメリカの「ニューヨーク・タイムズ」や「シカゴ・デイリーニューズ」、イギリスの「タイムズ（ロンドン・タイムズ）（英語版）」、ロイター通信などによって、「Nanjing Massacre」「Nanjing Rape」などとして日本軍の殺人、傷害、強姦、略奪などの犯罪行為が伝えられていた。南京に在留していたジャーナリストが南京を脱出し、船舶無線を使って通信したといわれている。翌三八年以降も、アメリカでは『ライフ』誌が特集を組んでいる。

軍と政府上層がこうした国際的批判を躱すのに必死だったところへ、石川達三の小説が出てきたというわけだった。南京を占領したなかには朝香宮鳩彦親王を司令官とする上海派遣軍もあり、皇族をどう守るかにも腐心していれば、まさに火に油を注ぐ事態の出来といってよかった。石川の「憂国」の思いなど一顧だにされず、筆禍事件としては予想以上の刑となったのも、むべなるかなとも思えるし、もはや言論・表現の自由などどこにもなかったともいえるだろう。

石川達三への判決が出る直前の二月、陸軍次官は関係陸軍部隊に中国戦線からの帰還兵が虐殺や強姦を言い立てるのを取り締まるよう通知しているが、それに参考資料として「支那事変ヨリ帰還ノ軍隊、軍人ノ状況」を付した。それによると、次のような露骨な言辞が記録されている。

「○○で親子四人を捕らえ、娘は女郎同様に弄んで居たが、親が余り娘を返せと言うので親は殺し、残る娘は部隊出発迄相変わらず弄んで、出発間際に殺して了」

「ある中隊長は『余り問題が起らぬように金をやるか、又は用をすました後は分からぬように殺しておくようにしろ』と暗に強姦を教えていた」

「戦争に参加した軍人をいちいち調べたら、皆殺人強盗強姦の犯人ばかりだろう」

石川達三が戦場の日本軍を、遠目で暢気に見ている国民に伝えようとすればするほど、こうした証言にある実態に迫っていかなければならなかった。

戦後、「生きてゐる兵隊」が完全な形で世に出たとき、読者は大きな衝撃を受けた。頁を開いた最初は、先に紹介した陰惨な場面だったが、それはまだ一人の兵士の蛮行、ともいえた。しかし、頁を繰っていくとその場面が記憶から薄れていくほどに、日本軍の蛮行、ぎらついた欲望がつづく。たとえば、僧侶の片山玄澄の、とても僧侶とは思われない残虐さ、である。

「片山さん今日は殺《や》っとったじゃねえか」と通訳が言った。

「殺《や》るさ君、わしじゃて同じことじゃ」

「何人やったね」

「さあ、数えもせんが五六人やったろうな」

僧は事もなげに答えた。

つい先ほど、ほんの三時間ばかり前であった。部落の残敵掃蕩の部隊と一緒に古里村に入って来た片山玄澄は左の手首に数珠を巻き右手には工兵の持つショベルを握っていた。そして皺枯れ声をふりあげながら露路から露路と逃げる敵兵を追って兵隊と一緒に駈け廻った。敵兵もこの町の案内は知らなかった。支那市街には至るところに露路があり袋小路がある。袋小路に追いつめると敵は武器をすてて民家にとびこみ制服をかなぐりすてて住民の平服を着てしまう。だが、脱ぎすてた制服を処分する暇はなかった。

「貴様!」とだみ声で叫ぶなり従軍僧はショベルをもって横なぐりに叩きつけた。刃もつけてないのに　ショベルはざくりと頭の中に半分ばかりも喰いこみ血しぶきをあげてぶっ倒れた。

「貴様!……貴様!」

次々と叩き殺して行く彼の手首では数珠がからからと乾いた音をたてていた。彼は額から顎鬚まで流れている汗を軍服の袖で横にぬぐい、血のしたたるショベルをステッキのように杖につきながらのそのそと露路を出て行くのであった。

石川達三は、この従軍僧がなぜそのように変わっていくのかを説明し、戦争は彼をふだんの僧侶にとどめ置かないのだと語る。

従軍僧自身にあっては、自分の寺で平和に勤行をやっているときにはこの宗教が国境を超越したものであることを信じていた。印度に於て支那に於て日本に於て、同じ宗教が同じように信仰されて来たことはそれを証明すると思っていた。簡単な信じ方であった。また従軍を志願して寺を出るときには支那軍の戦死者をも弔ってやるつもりはあった。しかし戦場へ来て見るとそういう気にはなれなかった。

戦場というところはあらゆる戦闘員をいつの間にか同じ性格にしてしまい、同じ程度のことしか考えない、おなじ要求しかもたないものにしてしまう不思議に強力な作用を持っているもののようであった。

人間を捨てなければ殺される――それが戦争であり、戦場だった。僧侶だけがそうだったのではない。石川達三は、一匹、二匹……と数えながら軽機関銃を撃つ笠原伍長を点描し、彼にとって人を殺すのは鮒を殺すのと同じだった、とも書く。作家の意図、偏頗なモチーフにもかかわらず、「生きてゐる兵隊」は普通の市井人、農民あるいは漁師がそのように変わる、変わらざるを得ないところに、戦争の狂気があり、インテリゲンチャをも例外にはしないことをえがいている。宮本百合子が「あるリアリティを創り出し」と指摘した、戦争と戦場、兵士のリアルを作品世界に映し出している。が、戦後の文学批評は往々にしてこの作品が「戦争の本質＝侵略戦争」をえがいていないことや、戦争責任を問うていないことなどをあげて否定的に扱ってきた。また、「生きてゐる兵隊」に決定的ともいえる欠落――殺される中国兵や捕虜、農夫、犯され殺戮される中国婦人たちの思いにいささかも延びていかない作家の目、心――を、きびしく批判してきた。それらの指摘は多分にあたってもいようが、そのうえで、それらの批判は、はたして角を矯めて牛を殺すようなことにならなかったか、ふり返ってみる必要があるように思われる。

足りないところはいろいろあろうとも、この小説が、戦争は兵士が人間であることを壊し、殺し・奪い・犯すことに躊躇しなくなる狂騒の場以外ではないことを、たしかに伝えている。そのことを批判の言葉で軽くしてはならないし、それが一九三八年に発表されたことの意味は決して小さくはないと私は思う。

ところで現在、私たちが手にする「生きてゐる兵隊」は、検閲を慮って編集者の手で伏字、削除されたところが復元されている。それを眺めながら気づくことがある。一つは、非戦闘員への掠奪、強姦、殺戮にかかわる箇所、二つに捕虜の虐殺、また殺せという命令（兵士個人の行為は許容し、軍組織としての関与は否定する）、三つに慰安所及び慰安婦にかかわる叙述、が消されていることである。だから、引用した従軍僧玄澄のショベルによる殺戮箇所は消されていない。玄澄個人の行為、しかも敵兵との交戦中のことという判断なのだろう。読むかぎりでは日本軍が包囲し、投降してきたようにも思われるが、それにしてもひどい話である。捕虜の斬殺場面もある。石川達三はこうえがく。

こういう追撃戦ではどの部隊も捕虜の始末に困るのであった。自分たちがこれから必死な戦闘にかかるというのに警備をしながら捕虜を連れて歩くわけには行かない。最も簡単に処置をつける方法は殺すことである。しかしいったんつれてくると殺すのにも気骨が折れてならない。「捕虜は捕らえたらその場で殺せ」それは特に命令というわけではなかったが、大体そういう方針が上部から示された。

笠原伍長はこういう場合にあっても、やはり勇敢にそれを実行した。彼は数珠つなぎにした十三人を片ぱしから順々に斬って行った。

……（略）……

飛行場のはずれにある小川の岸にこの十三人は連れて行かれ並ばせられた。そして笠原は刃こぼれのして斬れなくなった刀を引き抜くや否や第一の男の肩先を深く斬り下げた。するとあとの十二人はたちまち土に跪いて一斉にわめき涎を垂らして拝みはじめた。殊に下士官らしい二人が一番みじめに慄えあがっていた。しかも笠原は時間をおかず第二第三番目の兵を斬ってすてた。

傍線は発表時に伏字とされた箇所である。捕虜虐殺と分からないように、捕虜という言葉も人数も、そして斬ったことも、明示しないよう伏字処理をしている。捕虜への虐待などはすでにハーグ陸戦条約（一八九九年、日本も一九一一年に批准し、翌年「陸戦ノ法規慣例ニ関スル条約」として公布している）で禁止され、日本軍もまた承知していたが、委細かまわずといった体である。

それにしても、中央公論社は検閲のために雑誌編集部あげて校正にあたったことだろう。分担しての作業だったろうから、伏字、削除箇所の不統一感は否めないが、私が気になるのは、当局を慮るある種の〝感覚〟である。敵兵の処断はいいだろうが捕虜はまずいというような、検閲を通過させるためとはいいながら、微妙に働くその〝感覚〟に、どことはない不気味なものを感じてしまうのである。戦争は、戦場の兵士を狂気に追い込んでいくが、銃後の人たち、それも言葉や表現、あるいは人の命や生きることに人一倍敏感であるはずの雑誌・書籍編集者をさえ、このようにするのだと思うと、むしろその作業ぶりを想像して背筋に冷たいものが走る。

あの時代のあのとき、と昔語りにするわけにはいかないからである。

見ても書かなかった林芙美子

ところで、石川達三が南京に入ったのは「事件」後とはいえまだ血なまぐささの残る一月八日のことだった。京都で編成された第一六師団の将兵たちに取材をし、「生きてゐる兵隊」を書きあげたといわれる。が、それ以前にも南京には「東京日日（現・毎日）」の特派員として「女性の南京一番乗り」といわれた林芙美子をはじめ、少なくない作家、評論家、詩人たちが入っている。最も早い一人と思われる西条八十は、「読売」特派員として十二月十七日の入城式を、

誰も歌はず、もの言はず／太い金文字、石の壁／国民政府の城門に／颯《さっ》と揚つた日章旗。
空に満ちてる　銀の翼《はね》、／地に湧く湧く　歓声の／すべてが消えて　青い空／わたしは

ひかる紅一点／その血の色を眺めてた。
ああこの刹那の感激を／求めて遥々旅をした／疲れたわたしの全身に／赤く灼きつくそのひかり。

と詩った。その西条も、「まつしぐらに走つてゆく、幅広い中山北路。ポプラの並木路、閲兵式に列する軍隊が続々行進してゆく。／最初に潜つたのは宏大で暗鬱な把江門。驚くほど厚い鉄の扉の蔭に、一河岸の米蔵の俵を寄せ集めたほど積み上げられた土嚢。このあたりから、往来に土民服を着た支那兵の死体やら、軍馬の屍が、夥しく見えはじめた。／人住まぬ英国領事館、鉄道局、金陵大学、軍政部などが、ポンペイの廃墟のやうに棟を並べてゐて、辻々には枯芝でカモフラージユした土窟。『公共防空壕』と大書してある」と書いている（「燦たり南京入場」）。

南京に一歩入れば、夥しい中国人の死体がまだそのまま放置されていたのである。「土民服を着た支那兵」とは、説明者の言い分通りだったのだろう。堀田善衛『時間』によれば、額の帽子跡を軍帽のそれとして殺害された電車の車掌がおり、毎日麺棒を使って指にできたタコを銃の訓練によったものとして殺害された青年がいる。軍服を脱いで便衣を着たのかどうか、判断は日本軍のきわめて恣意的なものでしかない。殺戮の口実など、もはやどうでもよかったのが南京である。

十二月二十七日に南京に入った杉山平助は、三十一日までの短い滞在記を「朝日」に載せ、翌一九三八年に出版した『支那と支那人と日本』に収載した。上海から蘇州、無錫を通って南京に入ったようだが、上海を出たあたりからもう道路脇に死骸が目につくようになる。

太倉を過ぎたあたりから、路の両側に死骸がチラホラ見えて来た。クリークに浮いてゐたり、田の水につかつたり、或は枯れ草の上に突伏してゐたりした。

……（略）……

私は、それ等の死骸を眺めて、深い胸の痛みを感ずるといふやうなこともなかつた。運のわるい、気の毒なものたちよ、といふ淡い感慨がわくだけのことである。

「われわれから見ると、支那人そのものが、半分は土で出来てゐるやうな無機的な感じがする」といってはばからない杉山である。その中国人蔑視は、極言もいとわない。

戦争がはじまつた以上、勝利のためには、そしてその戦果を確保するためには、何をやつたつて構はん、この場合一切の道徳律は無力であり、無能であると、私は論じた。今度の戦争では、戦闘員と非戦闘員の区別などは、厳密な意味ではあり得ないのである。てつとり早い殲滅は一種の慈悲ですらあり得やう。

辛辣な批評家として知られた杉山も、戦争初期には軍国主義への体重移動がひどかったようだが、一つのターニングポイントは南京にあったかもしれない。杉山はおそらく、南京での日本兵の蛮行を見たのだろう。見ていなければ、「何をやったつて構はん、この場合一切の道徳律は無力であり、無能である」などと弁じ立てないだろうし、「戦闘員と非戦闘員の区別などは、厳密な意味ではあり得ない」とも言わないだろう。それを仲間うちの議論とはいえあえて口にし、帝国軍隊を弁護することで一歩一歩みずからの身と心もそちらに近づけていったと言えないだろうか。

もっとも、杉山の名誉のために言い添えれば、杉山は単純に戦争・軍国主義に同調していったわけではない。南京でも、息子の死骸をだいて雨の中を三日間泣き続けた中国人の老婆のことを聞き、「この世のあらゆることは空虚であつても、嘆きと悲しみだけには、何か実質があるやうに、私たちは考へ易いのである。これだけ人の子の悩みと悩みがつみ重なつて、天が動かないといふことがあり得るだらうか」と思いをめぐらす心は残している。ではありながら、「しかし天は動かないのだ。誰も動かないのだ。／人の嘆きなんかは、何でもないのである」とうそぶき、

だから私は、目に涙をたゝえ《ママ》ながら、この支那人を冷笑する。奴等の生命なんか、たい

したものぢやない、と考へるのである。どうじに、我々の生命もたいしたものぢやない。
さしあたり、我々がさうならないやうに、努力するだけのことである。生命を賭して、日本を護るだけのことである。

と、どこへ持っていけばいいのか分からない「嘆きと悩み」を、「日本を護る」ことにむりやり押し込んでいる。これからしばらくして、杉山は漢口攻略戦に従軍することになるが、その陥落を喜ばなかった。

さらに重たい生活と、労苦とが自分の未来に待ち構へてゐることを私は知つてゐる。しかし、どうして私は、自分の未来に、労苦の絶えないことを、かくも一人ぎめにきめてしまふのであらう？　日本の前途に重たい労苦が消えさうもない限り、我々個人の上にも労苦が絶えるはずのないことは、常識で考へてみても明かではあるまいか。

（『揚子江艦隊従軍記』）

南京から漢口へとたどった杉山の目にどういう光景が映ったのか、推して知るべしであろう。だが、杉山には「日本」と「我々個人」はどこまでも同体であり、後者が前者の批判者にもなり得るとは考えられなかった。そこに、杉山の限界、根本の弱さがあり、大きく揺れ動きながらも、アジア・太平洋戦争とともに「日本を護る」方へと進んでいくことにもなっていった。

杉山はそれでも、まだしも「南京」を書いた。見ていながら書かなかった作家もいる。林芙美子もその一人である。林芙美子はしかし、書かないことによっていっそう戦争協力に踏み出していった、とも言える。見たこと、そしてそれを書かないことが心を重くし、それと折り合いをつけるように時局への迎合に歩みを伸ばしていったように私には思える。

林芙美子が南京に入ったのは十二月三十一日である。海軍の従軍章一九五号を付け、「女性の南京一番乗り」といわれた。それをエッセイの題にして、次のように書いた（『サンデー毎日』一九三八年二月）。

さすがに玄武湖の元旦の景色はなごやかなものだ。来る道々、昨日まで馬や支那兵の死骸を見てきた眼には、全く幸福な景色である。立つてゐる歩哨の兵隊さんも生々してゐるし、街には避難民たちがバクチクを鳴らしてゐる。バクチクの音は耳を破るやうにすさまじく鳴つてゐて、その音をきいてゐると、わつと笑声を挙げたいほど愉しかつた。

同じ日の同じ場所を、林芙美子は小説「黄鶴」に次のようにえがき出している。

靄の深い湖である。五州公園の石畳を来る兵隊が、靄のなかからあぶり出しのやうに走つて来る。高い城壁の上にも歩哨が立つてゐる。杉戸君は紙風船を兵隊に突いて貰つた。兵隊は紙風船を怪しげな手つきで突きながらはしやいでゐる。重子も自分の写真機で、長閑な玄武門外のスナップを二三枚撮つた。昨日までの道々の屍臭はもう遠い舞台のやうに薄れ、知識人の、ひとかどの憂慮も、重子には何か大げさなものが感じられ始め、兵隊の姿を見てゐると、南京の復興も、こんな生々した兵隊にまかしたらいゝのではないかと思へた。

重子は海軍省から一九五号の従軍章をもらったとえがかれており、林自身をモデルにしている。『改造』一九三八年三月号に発表された。引用したなかの「知識人の、ひとかどの憂慮」とは、たとえば前夜、ベッドのなかで思いをめぐらせたことなどがある。

……重子は造花や巾着を手にとつてみた。南京の兵隊が敗ける日まで、このサン・ルームで遊んでゐた少女達の服装が目に浮んで来る。ガソリンの匂ひが鼻に激しかつた。清潔な毛布や、清潔な寝巻が重子の頭のなかを霞のやうに白く走つてゆく。時々固い銃声の音が遠くで石を打つやうに聴えた。埴輪のやうに小さくなつた人間の屍体や、白い肋骨を露出した馬の死骸が、重子の瞼のなかに浮んで来た。……（略）……

背嚢を枕にしてゐるやうに、寝台の背中は固かつた。物凄く光つてゐる無数の星屑、窓いつぱい拡がつてゐるポプラの梢、寝てゐる重子の眼に、この窓の景色は何か運命的な気持ちを感じさせる。一種の放念の状態なのだ。どう云ふ風にして生きていゝのかと、重子は内地へ戻つてからの生活を思ひ、人事の小説を書いてたつきとなす暮しむきが何か遣りきれないやうに思へた。顔にも手にも浮腫が出来たやうな息苦しさだ。


ここでの主人公の悩みは、深刻である。どう生きていけばよいのか、「一種の放念の状態」になっている。しかも、「人事の小説を書いてたつきとなす暮しむきが何か遣りきれないやうに思へた」とまで表白している。人間をえがく作家が、人間をえがくことに遣り切れなさをおぼえている。人間でありながら人間ではないものを見たからにほかならない。上海から南京への車の中から見たのと同じ光景が南京の市街にもあったろう。そうでなければ、ときあたかも響いた銃声に、「埴輪のやうに小さくなつた人間の屍体や、白い肋骨を露出した馬の死骸」を思い浮かべることなどありえようはずがない。

南京の街中にも外にも、中国人の死体はそのまま放置されていた。ドイツ・シーメンス社の南京社長で中国人救済のために奔走し、〝南京のシンドラー〟と呼ばれるジョン・ラーベの日記（『南京の真実』）には、たとえば次のような記述がある。

〈一月五日〉…（略）…またもや漢中門が閉まっている。きのうは開いていたのに。クレーガーの話では、門のそばの干上がった側溝に三百ほどの死体が横たわっているそうだ。機関銃で殺された市民たちだ。日本軍は我々外国人を城壁の外に出したがらない。南京の実態がばらされたら困るからだ。

〈一月七日〉…（略）…「市内にはまだ何千もの死体が埋葬もされずに野ざらしになっています。なかにはすでに犬に食われているものもあります。でもここでは道ばたで犬の肉が売られているんですよ。この二十八日間というものずっと、遺体を埋葬させてほしいと頼んできましたがダメでした。」

〈一月十二日〉南京が日本人の手に渡って今日で一ヵ月。私の家から約五十メートルほどはなれた道路には、竹の担架に縛りつけられた中国兵の死体がいまだに転がっている。

林芙美子が滞在した十二月三十一日にも一月一日にも、ラーベたちの難民収容所の中国人が日本兵に連行されていることや、夜の九時に日本兵がトラックでやってきて、「女を出せとわめいた」ことが記述されてもいる。林芙美子が聞いたように、大晦日の夜に銃声が響いても何の不思議もないのが南京だったのである。林芙美子はしかし、それを書かなかった。というより、どう考えればよいのか、思いあぐねた。憂慮し、煩悶した。皇軍の為したこととはとても思えなかった。

煩悶は、上海での中国青年たちの振る舞いを目の当たりにしていっそう複雑さを増す。南京を引き上げ、身も心も疲れた重子が「支那人のダンスホール」を訪れたときである。踊っているのは「支那人」ばかりであることに重子の心が塞ぐ。

重子はどこの国の戦争だと云つた冷ややかな支那の青年達を眺めて、南京で預かつて来た兵達のハガキの文面を思ひ出すのだつた。

(これが最後の御奉公になるかも知れません。皆様お大切に……)

重子は、裾の両脇を意気に開けた服装の、支那青年達の踊り姿を眺めながら、早く日本へ帰らうと思ふのだつた。その青年達の表情のなかには、恬《てん》として何の気配も感じられないのだ。

重子とともに作者もまた、目に残る南京の惨状、非人間としかいいようのない蛮行、それでいて国への奉公専一と親兄弟たちを思うアンバランスな日本の若い兵士たちと、三百キロ余りはなれた隣地とはいえ「首都」の大事件を知ってか知らずか何の気配も示さない中国青年たちの、それらをどうとらえればよいか、思いあぐねている。

上海と南京——その距離は、当時の政治状況では相当のものであったともいえる。石川達三の「生きてゐる兵隊」には、戦争の利権に群がる日本商人をえがいた場面がある。彼らは、「酒保」を開いて支那紙幣を安く買い上げる。十ドルのものを二ドルか三ドルで買う。南京の国民政府がつぶれた今日、それは紙くず同然ではないかといわれればそうかもしれないが、彼らはそれを上海に持って帰る。上海では、依然、一ドルの支那紙幣は日本金の一円十銭で通用しているのだった。

石川達三は、その意味するところを見逃さない。

経済支那は亡びたのではなかったのだ。そうして彼等狡猾な商人たちは忽ちの中に成金になった。武力闘争は早くも経済闘争に変化しつつあったのである。やがて憲兵隊はこういう行為に厳重な取締りを行った。

占領経済をずるくくぐり抜けて稼ぐ日本人の姿は、林芙美子にも重子にも見えなかったろう。目も耳も利にも敏い日本人は、機に臨み変に応じ、動くことで道を開こうとするのであれば、中国は悠久の自然に任せ、動かぬことで進んでいくのだろう。中国青年たちに「恬として何の気配も感じられない」のは、あるいはその歴史への尺度の質量ともの違いであるかもしれない。

それを忖度できない林芙美子は、おそらく、思えば思うほど沈潜していく暗鬱な心のままに「黄鶴」を書いたのだろう。作者として懸命に重さを振り払おうとしてみるものの、主人公の重子は思うように動かない。紹介したダンスホールの場面でも、早く日本へ帰ろうと思ったところで止めていいものを、そう書いた直後にはそれでも「恬として何の気配も感じられない」中国青年のことが気にかかり、そこに思いをめぐらせる。

林芙美子が、あるいはそこに小説を書く者の心底を据え、文学がただたつきの道でないことを思い、人間という存在に立ち向かっていこうとしていたなら、その後の文学人生はずいぶんと違ったものになっていたろう。だが、林芙美子はみずからの煩悶にこだわろうとしなかった。人間の為したこととは思われない仕業を見て、人間が書けないと懊悩しながらも、そこを突き破ろうとはしなかった。人間をどこまでも突き止め、掘って掘りさげ、それをえがこうとしないのでは、もはや作家は死んだと言ってもいい。

「黄鶴」とほぼ同時ながらやや遅く書いたエッセイ「女性の南京一番乗り」には、もはや憂いは見られなかった。「玄武湖の元旦の景色はなごやかなもの」であり、「全く幸福な景色であ」った。街には爆竹が鳴り、だれもが新年を祝っているように書いた。筆先はもはやためらうことなく、なめらかであった。林芙美子はその年九月、内閣情報局「ペン部隊」の一員としてふたたび上海を訪れ、漢口へと出向いた。朝日新聞が「陸のペン部隊での漢口一番乗りである」と林を位置づけた。

作家たちは、南京、漢口以前にも、たとえば三好達治は『改造』『文藝』の特派員として上海に渡っている。日中戦争開始から三か月後の十月十九日からだった。「上海雑感」として『改造』に寄せたが、このような光景を見ている。

……（略）…路傍の灰燼中には敵兵や土民の〇〇が累々と転つてゐる、それらの殆んどすべては、既に少からぬ時日を経て、全身腐爛し、すべて激しい死臭を放つて、時には無数の蝿がその上に集つてゐるのである。就中《なかんづく》正視に耐へなかつたのは、それもまた命拾ひをして生き残つたものであらう、襤褸《ぼろ》切れのやうに痩せこけた野良犬が一匹、とある〇〇の〇〇のところを横咬《くわ》へに咬へて、通りかかつた私たちの車にも恐れず、平然として彼の空腹を満してゐる情景であつた。

累々と横たわる屍体も無残なら、それを餌にして空腹を満たす痩せさらばえた野良犬も無残である。だが、三好がそこから何かを考えようとした形跡はない。「――早く早く、もつと早く走つてくれ」と運転手を促すだけである。三好の目にも心にも、そこが中国であり、中国の人たちの暮らしのあった場所とは映っていない。

二十六日。「日軍占領大場鎮」のアドバルーンが民団（注、上海日本居留民団のこと、日本人居留地の管理機構――引用者）の屋上から揚つてゐる。上海ではアドバルーンが空に掲げられたのは、この時が始めてださうである。アドバルーンは交通事故を起すといふので、工部局の禁ずるところとなつたとか。上空に気をとられて自動車に轢かれる支那人が多いので、禁止をされたといふのである。そのアドバルーンが今日は青空に揚つてゐる、旧英租界からも閘北の敵軍からも、見まいと欲しても見ないではゐられないに違ひない。

――お目出度う、お目出度う。

会ふ人ごとに手をとり合はんばかりにして祝辞がとりかはされてゐる。早くも江湾鎮の陥落が噂にのぼる。真茄の無電台も昨夜のうちに我軍が占領したといふやうなニュースが飛ぶ。

上海はただ占領地としてあった。三好の心を占めているのは、次はどこを陥落・占領するのだろうという関心であり、「私のやうな臆病者でも一寸前線へ出てみたいやうな気持ち」になっているのである。「火炎は終夜天を焦がし、凄惨壮絶言はん形なし」と三好は感嘆するが、その同じ火炎を見ながら、茅盾や老舎が燃やした怒りに思いを延ばすことはなかった。眼前の「勝利」に、詩人・文学者の生命である批判精神と想像力はかき消されてしまっていたのである。
茅盾は一八九六年生まれ（一九八一年没）の作家である。中国共産党創立時からの共産党員で中華人民共和国最初の文化部長、作家協会主席などをつとめた。代表作に『子夜』『霜葉は二月花よりも紅く』などがあるが、上海、漢口が陥落したあと香港に行き、新聞連載小説「君はどこへ行くか」で抗戦下の上海を書いた。三七年九月に、次のような「恐怖の手段によって屈服させられるにあらず」という短文を「救亡日報」に発表している。

……（略）……しかし、今回、敵の空軍が北新涇あたりの丸腰の民衆を爆撃し、しかも数時間も連続して爆撃したと知ったとき、私の血は沸騰した。世界にこれほど卑劣で恥知らずな軍人があり得るだろうか。

もちろん、彼らの卑劣で恥知らずな行いには目的がある。我々後方の民衆の間に恐怖を散布し、人心を動揺させようとしているのだ。しかし農民の子である私は勇気を持って答えよう。不可能である。絶対に不可能である。中国の農民の神経は、たしかにいささか愚鈍だが、しかし血、血なまぐさい虐殺が、彼らを刺激して立ちあがらせ、復仇の意志を固めさせた。「民は死を恐れず、いかに死をもって脅せようか」（『老子』第七四章）。これは我々の古代の哲人の金言である。中国の民衆は決して恐怖の手段によって脅すことのできるものではない。

敵はいくつかの村や街を爆撃すれば、我々民衆の抵抗の意志を動揺させられると考えているのだろうか。夢想である。中国の農民はたしかに保守的な者が多く、たしかに感覚は鈍い。従順な農民は、雨風をしのげるボロ家があって、三食粥を食べて飢えをしのげれば、たしかに家を離れたがらず、命を惜しむ。しかし何も持たなくなると、怒れる獅子のごとく勇敢になる。中国民族は暴力によって屈服されるものではないのだ。

中国民衆がうけた政治の訓練は、たしかにあまり充分ではない。しかし敵の狂気の爆撃と虐殺は、まさに我々民衆の政治意識を強めている。

現在、敵の飛行機は毎日我々各地の平和な街に海賊のような攻撃を加えている。これは恐怖を散布しているのか。たしかに、いくらかは恐怖がある。しかし恐怖の心はわずか一刹那である。その後に来るのは、さらに倍増した決意とさらに深まった認識である。侵略者の狂気と残酷さを認識し、命をかけて祖国を守ることを決意するのだ。

一九三七年九月六日

（鈴木将久訳）

老舎は一八九九年生まれの作家・劇作家（一九六六年没）である。没年で分かるように、文化大革命の犠牲となったが、盧溝橋事件以後、「中華全国文芸界抗敵協会」の事実上の責任者となり、抗日作品を多く発表した。代表作に小説『駱駝祥子』『四世同堂』『正紅旗下』（遺作）、戯曲『龍鬚溝』『茶館』などがある。三八年七月、『民意週間』に「児童の最大の敵を撃退せよ」と、中国の少年少女達に呼びかける一文を載せた。私は老舎と言えば温和な小説の文章しか知らないが（訳文でのことだが）、このように激越なものもあるのだと、あらためて、日本の中国侵略が彼らにもたらしたものを思うばかりである。

暴日の悪行の中でも、最も残忍にして凶暴なのは児童の虐殺と婦女の辱《はずかし》めである。児童と婦女はともに戦闘員ではなく、また自分を守る力をさほど持っていない。もし日本軍人に少しでも人間性があれば、かならずや婦女子の虐殺や凌辱は最も恥ずべき事だと分かるはずだ。戈を交えて戦うのは、もとより相手の戦闘力を消滅させるためであって、むやみに人を殺してはいけない。だから、戦争は残酷な事ではあるが、軍人はなにがしか英雄の気概を持たなければならない。軍人は兵であると同時に人間でもある。軍人は犠牲の精神を持たなければならない。戦場に出たら死を恐れず、勝っても負けても規律を守り、礼儀正しくある必要がある。それでこそ勇敢な戦士と呼ぶにふさわしい。軍人は戦争に行き、敵を打ち破らねばならないが、殺人や放火を楽しみ、弱者を欺くことを栄誉と考えてはならない。しかし、日本軍人はこの道理を理解していない。勝っても負けても、日本軍人は人を見ると殺し、血を流させることに快楽を感じている。それは禽獣である。

……（略）……

子供たちよ。君たちは日本に殺された友達の仇を討たなければならない。君たちの中には、父母を失った者がいるかもしれない。兄弟を失った者もいるかもしれない。日本人は君たちの父母や兄弟を殺した。その恨みを忘れることができようか。いま、何万人という成人が各地で懸命に敵を倒している。それは誰のためだ。大部分は君たちのためだ。大人たちは、後の世代がまとまって日本人の手で殺されるのを見ていられず、だから戦争に赴く。君たちはどうする。君たちも一〇年やそこらすれば成人する。父や兄の足跡を追って奮闘し、前進しなければならない。今こそ、今こそ準備を始めるべきである。身体を強くして、志を高めるのだ。君たちの国家を父母とみなせ。みんな大中華民国の子女だ。大中華民国のため苦難に耐えて命をかけるのだ。日本軍人は君たちの最大の仇である。天然痘よりもひどい仇である。日本人は銃剣で小中国の児童の腹を切り裂き、中国児童の腰を突き通し、ハラワタが流れ出るのを見て手を叩いて笑っている。何という世界だ。君たちの小さい拳を握りしめ、小さい心で決意を固めるのだ。復讐せよ！　復讐せよ！　復讐せよ！

（鈴木将久訳）

いずれも『日中の一二〇年　文芸・評論作品選3　侮日と抗日1937〜1944』（岩波書店）に収められたものだが、多くを語る必要もないだろう。静かな茅盾にせよ激しい老舎にせよ、その怒りと悲しみの大きさは想像にあまる。だが、これを二十一世紀の今日に読み返して、私たち、また私は、「あまる」にまかせない想像力を働かせなければならないと思う。二人が書いて八十年の時日が経つ。一方の被害者の側がそれを大地に染み込ませてその上に人間をつくって来たといえるなら、他方の加害者はそれを受けとめて比肩できる国と人間をつくってきたと、言葉にするのがためらわれるからだ。

加害は、加害の側からだけでなく、被害の側から眺める目が必要だろう。ことに文学は、その二つの目がはたらかなければ真実に届くことはないと思われる。それが、人間の為すことは到底想像できないものであればあるほど、その人間を問わなければならないからである。

兵でありつつ作家であった火野葦平

作家たちのなかで南京に真っ先に足を踏み入れたのは、現役の伍長で十三人の兵を従えた分隊長でもあった火野葦平である。「私たちの部隊は……十二月十四日に南京中華門から入城した」(「南京」)と記している。火野葦平たちが所属した第一〇軍(司令官・柳川平助中将、柳川軍団、丁集団とよばれた)は、杭州湾に上陸して上海を背後から突き、中国軍を南京へ敗走させると、松井石根司令官率いる上海派遣軍とともに中支那方面軍に編成され、時日をおかずに、撤退する中国軍への追撃を独断ですすめた。その後、軍中央もそれを追認して南京攻略命令を出すことになるが、この急先鋒となったのが第一〇軍の第六師団である。師団長の谷寿夫は戦後、南京軍事法廷で死刑判決を受けている。判決書は次のようである。

〔谷寿夫が率いる第六師団は一二月一二日朝〕大軍を率いて入城し、中島（第一六師団）・牛島（第一八師団）・末松（第一一四師団）などの部隊と南京市各地区に分かれて押し入り、大規模な虐殺を展開し、放火・強姦・略奪をおこなった。（中略）

中華門外の花神廟《かしんびょう》・宝塔橋《ほうとうきょう》・石観音《せきかんのん》・下関《シャーカン》の草鞋峡《そうけいきょう》などの箇所を合計すると、捕えられた中国の軍人・民間人で日本軍に機関銃で集団射殺され遺体を焼却、証拠を隠滅されたものは、単燿亭《たんようてい》など一九万人余りに達する。このほか、個別の虐殺で遺体を慈善団体が埋葬したものが一五万体余りある。被害者総数は三〇万人以上に達する。死体が大地をおおいつくし、悲惨きわまりないものであった。

（南京事件調査研究会編訳『南京事件資料集2　中国関係資料編』）

丁集団（第一〇軍）には、「一、集団は南京城内の敵を殲滅せんとす／一、各兵団は城内にたいし砲撃はもとより、あらゆる手段をつくして敵を殲滅すべし、これがため要すれば城内を焼却し、特に敗敵の欺瞞行為に乗せられざるを要す」という命令が十二月十三日午前八時三十分に出されたというから、虐殺、放火、強盗、強姦、略奪は命令どおりであったともいえる。十七日の入城式要員として南京に入った火野葦平や彼の部隊がどのようであったかは、書かれたものがないので分からない。ただ、火野が見た南京市街の様子については「南京」にも「江南戦記」（火野が所属した「牛島部隊片岡部隊荒川部隊清水《吉》隊」のシナ事変による杭州上陸作戦を中心とした戦記。清水吉之助中隊長の命令によって火野が執筆したもの）にも記述がある。後者から引用してみる（河伯堂記念誌『あしへい』第3号、ただし「草稿」）。

我々の入城したのは中華南門である。高さ三十米の城壁は、見上げるやうに高く、無数の弾痕を印し、門上には、雄渾なる筆を以て書かれた「仁」の一字の下に、「誓復国仇」の四字がある。破壊された跡、城壁の裾に並ぶ焼け残り民屋、折り重なり、累々と堆積してゐる支那兵の屍骸、地上から城壁の絶頂までかけられてある竹梯子、異様な臭気、燻つている硝煙、などは、物語るごとく、激戦の様を示してゐる。

市中は見るも無惨な廃墟と化して居る。街路の到る所に、防塞が築かれ、防空壕が設備されて居る。無論、街路は首都たるに適はしい堂々たるもので、華麗絢爛たる家屋が櫛比してゐるが、各所、蜘蛛の糸のごとく乱れ、切れたる電線に、網を被せられたごとく、焼け残りの高い壁と、未だ燻つた煙をあげてゐる瓦礫があるばかりである。住民の姿は見えない。

南京城内といっても東京・山手線内ほどの広さであってみれば、火野葦平が見たものはごく一部であり、住民の姿も目に入ってこなかったのかもしれない。あるいは殺されてしまったのかもしれないし、息を殺して身を隠していたと想像もできる。しかし火野は、南京の惨状は点描にとどめ、火野たちが入城した後にも続いた「大規模な虐殺……放火・強姦・略奪」は書かなかった。

火野は、「糞尿譚」で芥川賞を戦場で受賞すると中支派遣軍報道部に引き抜かれ、高橋少佐とカメラマン、運転手とともに前線に行き、新聞社への報道情報と作品の題材収集を任務とした。前述した「江南戦記」は火野の作品ではなく部隊共有の戦記で、当然、各段階で点検を受けている。同様に、作品もまた、たとえば「麦と兵隊」の場合、まず行動をともにした高橋少佐が読み、報道部の馬淵中佐、報道部長の木村大佐へとまわされた。木村から返ってきた原稿には大量の付箋がつけられ、各所に朱が入れられていたが、それが木村から中支派遣軍参謀長の河辺少将に報告され、雑誌掲載の許可が出たといわれている。火野によると、発表されたものはそれでも二十七か所の削除修正があったと述べているが(『火野葦平選集』第二巻「解説」)、それが、木村大佐から返ってきた原稿段階のものであるのか、直しを入れて『改造』に渡したものに対してなのか(「解説」は後者のように読めるが、削除箇所の説明は前者のようでもある)、判然としない。

戦後、火野は原稿執筆にあたって七つの制限があったと吐露している(同前)。要約すると、①日本軍が負けているところを書いてはいけない。皇軍は忠勇義烈、勇壮無比であって、けっして負けたり退却したりはしない、②戦争の暗黒面を書いてはいけない。戦争は殺人を基調におこなわれる人間最大の罪悪であり、悲劇であるから、これにはあらゆる犯罪がつきまとう。強盗、強姦、略奪、放火、傷害、その他、いつのどんな戦争でも例外ではない、③敵は憎々しくいやらしく書かねばならなかった、④作戦の全貌を書くことは許さない、⑤部隊の編成と部隊名を書かせない、⑥軍人の人間としての表現を許さない、⑦女のことを書かせない。戦争と性欲の問題は文学作品としての大きなテーマであるのに、皇軍は戦地でも女を見ても胸をドキドキさせてはいけないのである。まして、現地の女との交渉などは以ての外だ——ということであった。

　この制約のもとに何ごとかを書こうとするのは、およそ不可能といっていい。まして南京であれば、「殺人を基調におこなわれる人間最大の罪悪」、「強盗、強姦、略奪、放火、傷害」をかさねる以外ではなかったろうから、とても火野には書けなかったといっていい。

　それでも、火野は「南京」と題した四十枚ほどの短編を書いた。が、短編らしい切れはなく、読後にどうにもちぐはぐな感情を持たされる。

　作品はある中国人親子の話である。南京攻略から二年後、「私」は汕頭《スワトウ》に入城し、そこで「粤東報《えっとうほう》」という漢字新聞を発行する。汪精衛の和平救国声明を号外で出そうとしたとき、ゲラに「我的父親在南京」と書いて見せた中国人の職工がいた。よく見ると、「私」が南京で出会った男の息子らしかった。楊善鳴と名乗るので間違いないと思うが、それは言わず、彼の仕事ぶりに注目した。善鳴は、工員を募集すると真っ先にやって来た男で、南京の楊貴源の息子に間違いなければ、スパイの可能性が高かった。

あるとき、「私」は善鳴を社の裏に呼び出し、お前がスパイであることが分かった、射殺の命令を受けていると告げる。「私」は、そのようなことはない、嫌疑を晴らしてくれと、善鳴が哀願すると思った。が、善鳴は儼然と落ち着き、やがて目を閉じて静かに両手を差しあげ、早く射ってもらいたいという観念した姿を示した。

「私」は、「つまらない芝居を思いついた自分の馬鹿さにあきれた。私は圧倒されるものを感じ、冗談だよ、冗談だよ、といいながら、ごまかすように笑い出した」。

南京で彼の父親・楊貴源と会ったのは、「私」の部隊が宿舎に割り当てられた豪奢な家でのことだった。途方もなくひろいその家が楊貴源のものと分かるのに時間はかからなかった。残されたアルバムから、そのことを知り、楊が中国政府の要人らしいとうかがえた。数日して入城式の前日、星野上等兵が怪しい奴を捕らえたと言ってくる。天井裏に隠れ、車引きだと言って入り込んで使われていた夫婦が食事などを運んでいた。楊家の使用人だったらしい。六十前後のその男は、楊貴源だろうと言ってもしらを切る。

星野が銃を突きつけ、引き金に指をかけると、楊は目を閉じ、両手を差しあげ胸をひろげた。「私」はそれを見てひやりとする。星野は笑いだした。二人は楊を自由にしてやる。その夜、星野はまたも楊を連れ出す。少し芝居がかった仕草で日本刀を抜き、楊の目の前に差し出す。楊は泰然として動かず、少し前屈みになって自分の首が飛ぶのを待った。

私は月光の中にある支那人の姿に、妙に圧倒されるものを感じ、何か身のすくむ思いがした。星野上等兵は刀を静かに下ろした。班長殿、負けましたよ、と、彼はいつになくしんみりした口調で、ため息をつくようにいった。

もう寝ようかという時刻に、部隊本部から楊を連れてくるようにとの伝令が来る。星野が楊をともなって出て行く。「私はもう二度と自分たちのところへは帰ってこないであろう楊貴源の後ろ姿を見送り、その背中に敬礼をした」。

作品がここで終わっているのなら、読者としては何の戸惑いもない。抗日のために身命を賭し、捕らえられて命を奪われるときには堂々と胸を張る親子と、その姿に圧倒され、感銘すらおぼえる「私」という作品の構図からは、けっして日本軍の正義は伝わってこない。読者は、敵といえど立派な人間のいること、その姿に感銘を受ける「私」に同調する。しかし、ときは南京入城の二年後であれば、それでは検閲は通らない。火野はこのあとに十二月十七日の南京入城式の思い出を書き加える。「困難な戦闘をもって歴史の頁をつくった軍隊が、ここに全部集まって美しい隊列を組んでいる」、心打たれるのは、「戦友の胸に抱かれて、この入城式に参加している真っ白い遺骨の列である。」と、とってつけたように書く。

嚠喨たるラッパの音が鳴る。松井最高指揮官を中心とする騎馬の列が近づいてくる。捧げ銃の号令が起こる。「私は銃を捧げ、しめられるように胸が痛く、しだいに瞼が熱くなってきた」。そして翌日早暁、杭州攻略のために南京を出る。雪になっていた。

私たちは雪の中に整列を終わる。部隊は新しい戦場に向かって前進を起こす。それは新しい死とたたかうための出発である。…（略）…私は、なにかひとつの確固とした勇気が、新たに私の身内につけくわえられた思いで、さんさんと正面から降りつけてくる雪をかぶり、銃把をしっかりと握りしめて、歩いていった。

と作品は閉じられる。「新しい戦場に向かって前進」、「新しい死とたたかうための出発」、「確固とした勇気」と言葉は列なっているが、その言葉に「私」の心がねじ伏せられているようである。二年後に思い返しても、南京でのことはそのように力ずくで押しつぶさないと前へは進めなかったのかもしれない。楊貴源の後ろ姿の余情を振り払うにはそれしかなかったようにも思えるが、取って付けた決意の開陳は検閲逃れであったとも思われ、いずれにせよ文学的ではない。

火野の心はナイーブなのである。戦争する人間としては、見てはならないものを見てしまったのである。敵のなかにも儼然たる精神を持った人物がいること、日本兵の蛮行もさりながら、自分たちが攻め入り、奪い、殺し、犯している相手である中国人たちが自分と変わらない人間であり、農夫であること……、それらを見てしまったのだ。これは、兵としても作家としても、具合の悪いことだった。石川達三との決定的な違いともいえるそれは、火野の兵隊ものの色調を決めていった。そして、彼を戦後、自死にいかせるまでの重い心の負債とさせていったように私は思う。

火野葦平の「土と兵隊　杭州湾敵前上陸記」「麦と兵隊　徐州会戦従軍記」は、「花と兵隊　杭州警備駐留記」と合わせて兵隊三部作と呼ばれ、火野の記憶でも戦前にすでに二百万か二百二十万部の大ベストセラーとなった。前二作は日誌の形式をとり、「土と兵隊」は弟に語りかけるような体裁で、ルポルタージュともいえる作品である。戦後、火野は両作とも創作を加えたと述べている。作品の発表は「麦と兵隊」が最初で、これが大評判になって次々に、一九三七年十一月の杭州湾上陸から三八年五月の徐州大会戦にいたる時期をえがいた。「麦と兵隊」が検閲で二十七か所削除されたことは前述したが、戦後、火野はそれを記憶を頼りに書き加えて単行本にしている。

よく紹介されているのが、作品の最後である。

奥の煉瓦塀に数珠繋《じゅずつな》ぎにされていた三人の支那兵を、四五人の日本の兵隊が衛兵所の表に連れ出した。敗残兵は一人は四十位とも見える兵隊であったが、後の二人はまだ二十歳に満たないと思われる若い兵隊だった。聞くと、飽くまで抗日を頑張るばかりでなくこちらの問いに対して何も答えず、肩をいからし、足をあげて蹴ろうとしたりする。甚しい者は此方《こっち》の兵隊に唾《つば》を吐きかける。それで処分するのだということだった。従《つ》いて行ってみると、町外れの広い麦畑に出た。ここらは何処《どこ》に行っても麦ばかりだ。前から準備してあったらしく、麦を刈り取って少し広場になったところに、横長い深い壕が掘ってあった。縛られた三人の支那兵はその壕を前にして坐らされた。後に回った一人の曹長《そうちょう》が軍刀を抜いた。掛け声と共に打ち降すと、首は毬《まり》のように飛び、血は簓《ささら》のように噴き出して、次々に三人の支那兵は死んだ。

私は眼を反《そら》した。私は悪魔になってはいなかった。私はそれを知り、深く安堵《あんど》した。

傍線箇所が削除されていたところである。もとのままでは、捕らえられた中国兵が日本兵を蹴ろうとするのから目を反らすことが、なぜ「私は悪魔になってはいなかった。私はそれを知り、深く安堵した」となるのか、なんとも理解しがたい結末になる。復元されて理解は届くが、新しい疑問もわく。

一つは、軍刀を抜いて首を斬った兵は「悪魔」で、「私」は目を反らしたから「悪魔になってはいなかった」と言えるのか、ということ。もう一つは、戦後になってなぜこの惨殺場面を復元したのか、ということである。

後者から考えてみる。

火野は「土と兵隊」でも戦後に復元しているところがある。「土と兵隊」は十数か所の削減訂正箇所があったというが（同前）、復元でよく知られているのは、杭州湾への上陸を果たし、まもなく作戦も終了しようかという十一月十三日、捕虜惨殺の場面である。今度は、小説の主人公「私」である火野みずからが拳銃の引き金を引いている。

大隊本部のある先刻の部落まで帰って来ると、ずらりと捕虜が並んでいた。吉田一等兵が来て、班長、飯は出来とりますよ、と云った。私は家の中に入った。私は裏のクリークに出て顔と手とを洗った、耳を少し怪我したようだ。久し振りで食う米の飯は何ともいえずおいしかった。

横になった途端に、眠くなった。少し寝た。寒さで眼がさめて、表に出た。すると、先刻まで、電線で珠数《じゅず》つなぎにされていた捕虜の姿が見えない。どうしたのかと、そこに居た兵隊に訊ねると、皆殺しましたと云った。

見ると、散兵壕のなかに、支那兵の屍骸《しがい》が投げこまれてある。壕は狭いので重なり合い、泥水のなかに半分は浸っていた。三十六人、皆殺したのだろうか。私は黯然《あんぜん》とした思いで、又も、胸の中に、怒りの感情の渦巻くのを覚えた。嘔吐を感じ、気が滅入って来て、そこを立ち去ろうとすると、ふと、妙なものに気づいた。屍骸が動いているのだった。そこへ行って見ると、重なりあった屍の下積みになって、半死の支那兵が血塗《ちまみ》れになって、蠢《うごめ》いていた。彼は靴音に気附いたか、不自由な姿勢で、渾身の勇を揮《ふる》うように、顔をあげて私を見た。その苦しげな表情に私はぞっとした。彼は懇願するような眼附きで、私と自分の胸とを交互に示した。射ってくれと云っていることに微塵《みじん》の疑いもない。私は躊躇《ちゅうちょ》しなかった。急いで、瀕死の支那兵の胸に照準を附けると、引鉄《ひきがね》を引いた。支那兵は動かなくなった。山崎小隊長が走って来て、どうして、敵中で無意味な発砲をするかと云った。どうして、こんな無残なことをするのかと云いたかったが、それは云えなかった。重い気持で、私はそこを離れた。

分かるように、「麦と兵隊」、「土と兵隊」ともに捕虜の殺害であり、戦前版が削除されたのは当然だとしても、戦後にあえて復元したい話ではない。しかも、原稿が残っていた石川達三と違って火野葦平の場合は探したけれども見つからず、やむなく、思い出しながら、現在の文章にならないように注意して書き加えたものである。削除の指摘を受けたことは記憶していても文章を思い出せず、そのままにしたところもある。「麦と兵隊」の五月十一日の最後である。現在の作品は中国兵捕虜の雷国東が所持していた恋人からの手紙——「短い手紙に長い情」を託《かこ》つ——を読む日本兵を無表情な顔つきで眺めている、ところで終わっている。原稿では、このあとに麦畑に連れ去られて銃殺される場面があったらしいが（『火野葦平選集』

第二巻「解説」)、報道部内の検閲で削除され、そのままとなった。

私たちは、戦後、戦時中の自分の書いたものに頰かぶりし、全集から外したり、ときには改竄も平気な作家・評論家の少なくないことを知っている。それを思えば、火野の態度にはある種の潔さがある。自分の書いたものにはそれとして責任を負うという矜持も感じられる。


火野葦平は戦争三部作によって一躍文壇の寵児となるが、戦後、「戦犯作家」として戦争責任を追及され、一九四八年から五〇年まで公職追放の処分を受けた。しかし、現在これらの小説を読み返してみると、必ずしも戦争をあおるものの強さを感じることはできない。むしろ、中国兵の頑強な抵抗にあって苦闘する日本軍という構図のなかに、前線とはいえ陣中にはほっとする団欒のあること、また奮戦むなしく戦友の死があり、敵兵を憎いと思い、東亜の夜明けを開くために決意新たにたたかう姿が伝えられる。

石川達三は、国民はのどかに戦争を眺めている、そうではない戦争の実態を書きたいと戦場視察を願い出たが、銃後の国民の多くは、戦地の父や兄弟の身を案じ、生きて帰ってきてほしいと、火野の小説を固唾をのむように読んだのではないだろうか。宮本百合子は、「火野の文章が世情に伝えた波動の大きさは正に、銃後の心理を思わせるものがあった」(「昭和の十四年間」)と評したが、火野の戦争三部作は、戦場と銃後を一つの情感につないだといえる。

とくに「麦と兵隊」、「土と兵隊」は、物語るのではなく、日誌の形式で進行、退避、突破……

のくり返しをルポルタージュ風に書き、作品世界への没入に効果的だったといえるだろう。取材に同行したカメラマンの写真を随所に挿入したことも、臨場感を溢れさせただろう。

しかし、火野の胸中はどうであったろうか。案外、「麦と兵隊」の発表に反対した大本営報道部の見方があたっているかもしれない。「あまりにも兵隊の苦労がありのままに書かれているので、戦意高揚どころか、厭戦的、反戦的気分を醸成する危険がある。支那兵や、支那人を友達のように書いているなどらしかった。中には、火野葦平は赤ではないかといった者もあるとのことだ」と火野は前述の『火野葦平選集』第二巻の「解説」に記している。

石川達三の「生きてゐる兵隊」は、日本軍兵の残虐性の描写が「安寧秩序を乱す」として発禁処分にされたが、火野の「麦と兵隊」は「厭戦的、反戦的気分を醸成する」としてあやうく発表禁止にされかけたところに、両者の違いが如実といっていい。一方は、殺し殺される戦争の実相を銃後の国民に知らせようと取材し、他方は戦場の一兵士たちの気持ちを知ってほしいと思って書いている。だから一方は、敵はただ殺す存在としてあり、他方には堆積された敵兵の死骸を痛ましく思う感情が隠れずに出てくる、茫漠たる麦畑の主人である農民たちの底力への感嘆もある。たとえば、

…（略）…私は度々麦畑の逞しさに圧倒されたが、その麦畑の主人こそかかる農民たちなのであろう。私は蚌埠《バンプー》難民大会に集っていた村代表の農民を思い出した。この風格ある村

長は蚌埠で見た百姓のごとくぶっきら棒ではないけれども、同じように、頑丈な身体つきと、よく焦げた黒い皮膚と、折り畳んだような深い顔の皺《しわ》と、筋だらけで八角金盤《やつで》のように広い手とを持っている。抗日思想は深刻に普及しているかも知れない。徐州に近づくにつれて、我々は土民が軍隊とともに我々に反抗するのをしばしば見た。しかしながら私にはそのようなことは、農民にとっては土と協同することのたのしさほどに深刻ではないものと思える。

というようにである。火野葦平は、確かに陸軍報道部員として、部隊の戦記をまとめ、さらに小説を書くために戦場を見ているのだが、その視線は温かくやわらかい。広大にひろがる中国の大地と、その大地を相手に根限り格闘して稔りを待つ農民たちを、敬服して見ている。彼も我も百姓の子、労働者の子というような同一観がある。* 火野が戦後、検閲で削除された箇所を元に戻したのは、書いた者として当然のこととはいえ、火野の心を占めた、そういう中国に侵略し、殺害、掠奪、強姦に手を染め、また見聞きした者としての責任の示し方ということもあったろうと私は思う。

宮本百合子は、「昭和の十四年間」でこう述べている。

「麦と兵隊」は、この作家が戦場で報道部員として置かれた条件を最もよく生かした成果の一つであったと思われる。この記録はあくまで小説ではない記述としての立前で書かれており、一兵士としての見聞と人間火野としての自然の感情とがそれぞれに盛られている。従って、戦場の光景はそのものの即物的な現実性で読者の感銘に迫って来るし、一方作者によって絶えず意識され表明されている人間自然の情感というものはその描かれている世界への近接を感じさせる十分の効果をもっていた。この二つの要素が作者火野によって常に意識されていることは、この作につづいて書かれた「土と兵隊」、「花と兵隊」等にも一貫して認められる。しかしながらこの二つの要素への意識はどちらかといえば素朴な両立の形で存在していて、その意識は文章の独特な人間的文学的ポーズを感じさせる。更に私たちの注意を惹《ひ》かれることは、火野の文章のあらゆる場合、戦場の異常性というものが抑えられて描かれている点である。人間が、どのような強烈な刺戟《しげき》の中にも馴《な》らされて生きるものであるのは一つの現実であるけれども、馴らされるまでに内外から蒙《こうむ》る衝撃と思考の再編成の姿は、人間の生活ドキュメントであろうけれど、火野の記録にこの歴史から照り反《かえ》される人間精神の一契機は、語られていないのである。

火野の戦争小説の世界に流れる素朴自然な人間の情感は、しかし、戦場の狂気と両立している。なぜ、両立するのか。もっといえば、どこにでもいる素朴な農民、労働者がなぜ、戦場では殺人鬼となり強姦魔となるのか。戦場が狂気に染まり、いつしかそれに馴れていくのは現実だろうけれども、それを並列両存で書くだけでよいのか。彼を狂気にまみれさせるものは何なのか――大義のない侵略、植民地主義という戦争の性格から来るものがあろうし、上官の命令を天皇のそれとして絶対服従させる軍隊の仕組みがあろう。また、近代国家形成の初発から意識させられた脱亜入欧、日清戦争時から増幅した中国・朝鮮蔑視、さらに戦争末期には国民学校生にも強要した刺突訓練など、歴史的に形成され心理と意識の底に堆積してしまったものがあろう。宮本百合子は、火野の小説には、登場する素朴自然な兵たちに深い影を落としているそれらへの考察、分析がない、という。

確かに、「麦と兵隊」、「土と兵隊」には「歴史から照り反される人間精神の一契機は、語られていない」。けれども、戦場、戦争を舞台にして小説世界を構想するとき、新人とはいえ芥川賞を受賞するほどであるなら、濃淡はともかく背景の歴史を思わないことがあるだろうか。宮本百合子の指摘はその通りながら、私は、火野はあえてそれを書かなかったのだと思う。もし、戦場の狂気が歴史的に形成された必然のものであるなら、火野は自分のなかにも堆積しているものを思ったろう。まして火野には、いったん社会運動や労働運動に参加しながら、検挙され転向した過去がある。屈折した心理が戦争描写に影響しなかったとはいえない。

彼もまた疑いなく歴史の母斑を強烈に背負った一人に違いなく、そのことに無自覚でないからこそどこかそれを拒否したい気持ちが働く。自分もその一員であることを証明するような決定的な場面から目をそらし、離れたいと思う。「麦と兵隊」の結末部分はその心理が作用したように私には思える。見ないことで、「悪魔」に堕すことから逃れたいと思ったように感じられるのである。

もちろん、侵略され、破壊し尽される中国人たちにとって、一兵士の胸中など忖度しようもないし、したくもないことだろう。彼らにとって日本人は、総じて「日本鬼子《リーベンクイズ》」「東洋鬼《トンヤンクイ》」である。目をそらすことなどでそれから逃れられるわけがない。「麦と兵隊」の三か月後に発表した「土と兵隊」では、目をそらすのではなくみずから拳銃の引き金を引き、「重い気持ちで」そこを離れることにしている。

それが作品の発表順にしたがった「私」の心理と行動の変化であるなら、三か月の戦場体験がその違いを生んだと読める。戦争は、そこから目をそらし離れたいと思っても、そうはさせてくれない現実なのである。もはや、殺すのが戦争だと知り、暗澹たる思いにとらわれながらも、戦争が日常になり、日常が戦争になっていくのである。

高崎隆治はこの点を、伍長として兵を率いてたたかった杭州湾上陸戦（「土と兵隊」）と、報道班員として従軍した徐州会戦（「麦と兵隊」）との立場の違いから考察している（「戦争と文学と短歌――火野葦平『土と兵隊』を軸に」、『戦時下文学の周辺』所収）。高崎は、火野が戦場で克明にとっていたメモを元に「土と兵隊」を書いたことも念頭に置き、「土と兵隊」を戦争文学第一作とし、一兵士としてしての火野は「どうして、こんな無残なことをするのか」と怒り、反抗し、そして絶望している、と見る。しかし、特権的な報道部に配属された火野は、眼を反して部外に身を置き、「私は悪魔になってはいなかった」と安堵する、この両者の相違は歴然としている、と指摘している。

私は、これは重要な視点だと思う。直接の交戦を離れたことは、目をそらす行為、ある種の部外者になろうとする心理を可能にしたと考えられる。しかし、一度はそれが許されたとしても、戦争が終わるまでずっとそれを押し通すことは出来ない。火野は「土と兵隊」執筆時に原隊復帰を命じられ、漢口作戦と並行しておこなわれた広東攻略戦に従う。幸い、師団司令部付で（火野自身は淋しかったらしいが）、従軍新聞記者係となり、やがて再び報道部に配属され、軍務のあいだに「花と兵隊」（「朝日」）、「海と兵隊（広東進軍抄）」（「毎日」）の新聞連載をこなすことになった。一九三九年十月に現地除隊となった火野は、アジア・太平洋戦争勃発後、白紙徴用を受け、フィリピン派遣軍報道部勤務を命じられてバターン半島作戦などに従軍し、戦争小説を書いた。戦後のバカ正直ともいえる削除箇所の復元は、重い気持ちは持ちつつも目をそらし、見なかったことにして戦場を飛び歩いた贖罪であったかもしれない。

作家が何ごとかを見、それを書く、あるいは書かない、まして戦争とくに日本兵の蛮行にどう向き合うかは、ただ事実がそこにあったかなかったかだけを意味するのではないのだと、火野葦平を眺めながらしみじみ思う。

＊富士正晴は、徴用した苦力たちのことを何度も採りあげてえがいた。一兵卒の富士が彼らと深

いかかわりを持ったことがうかがえ、彼らとのやりとりの端々に、戦争の本質をにじみ出させている。「しがんだれ」という短編にこんな場面がある。

わたしとしては、逃亡する徴用苦力に、逃亡されるとこっちが迷惑を蒙《こうむ》り、時には大ビンタをくらわされる癖に、好感がもて、石松だとか、サンバツだとか、将校だとかの、まるで忍術みたいな逃亡の瞬間の彼らの表情や体の動きすら未だに忘れていない。

それは何か頼もしい感じがするのだが、隙があって逃げられてしまったわたしは、必ず一発くうのであった。一発くいながら、さらさら逃亡した奴に怨みつらみはなかった。

捕まえてこられて、敵軍の手伝いをさせられ、みすみす同胞の殺されるのに手を貸す位なら、根性のある奴は逃げ出すのが当然のことであろう。

逃げ出さぬ奴に妙な不甲斐なさをわたしはひそかに感じていたらしい。しかし、それがわたしであったら、おそらく、うまく逃げるきっかけを摑めずに、ずるずるくっついて行きそうで、うっとうしい限りである。

石松とかサンパツなどというのは苦力に付けたあだ名である。富士は、見て見ぬ振りをし、殴られるのをがまんしただけでなく、ときに逃亡を唆すこともあったらしい。さんざん説き聞かせて逃がしたのが、少し行ってまた帰ってきて、長々と礼を言う「徴用老人列伝」などもある。何をしているのか、早く逃げろと焦るが老人は意に介さず、それが礼儀というものだとばかりに何度も頭をさげ、通じない中国語で語りかけてくる。ユーモラスな小話だが、富士が中国という土地とそこで営々と暮らす農民、人民たちに畏敬すらおぼえていることがよくうかがえる。

殺すことも犯すことも拒否するとき、兵は、自分のなかに流れ込む新しい風を感じたにちがいない。彼を人と見るとき、われもまた人になれたのであろう。作家ならなおのことである。

二、もう「鬼子《クイズ》」とは呼ばない

中国人の目を借りた堀田善衛

堀田善衛「時間」は、『世界』に連載（一九五三年十一月号〜五五年一月号、一部は他誌掲載）された。連載終了まもなく新潮社から単行本が出され、五七年には新潮文庫になった。先に述べたように、「南京事件」について世情賑わしく議論されながら、この作品が俎上にのぼって検討され、話題になったことはないといってよい。むしろ、文学「通」などからは「思想小説」と揶揄されてきた。

中国人知識人「わたし」（陳英諦）の日記のかたちをとり、南京事件に遭遇し、そこで見聞きした体験と思索・思考・思想をえがいた「時間」は、日本文学として「南京事件」をえがいたほとんど唯一といっていい小説である。

あらためて「南京事件」をたどっておけば、戦後、この事件が広く知られるようになった東京裁判は、次のようにこの事件を認定している。

一九三七年十二月十三日の朝、日本兵は市内に群がってさまざまな残虐行為を犯した。目撃者の一人によると、日本兵は同市を荒らし汚すために、まるで野蛮人の一団のように放たれたのであった。

兵隊は個々に、または二、三人の小さい集団で、全市内を歩きまわり、殺人・強姦・掠奪・放火をおこなった。そこには、なんの規律もなかった。多くの兵は酔っていた。それらしい挑発も口実もないのに、中国人の男女子供を無差別に殺しながら、兵は街を歩きまわり、ついには所によって大通りに被害者の死体が散乱したほどであった。他の一人の証人によると、中国人は兎のように狩りたてられ、動くところを見られたものはだれでも射撃された。これらの無差別の殺人によって、日本側が市を占領した最初の二、三日の間に、少なくとも二万二〇〇〇人の非戦闘員である中国人男女子供が死亡した。

多くの強姦事件があった。犠牲者なり、それを護ろうとした家族なりが少しでも反抗すると、その罰としてしばしば殺されてしまった。多数の婦女は、強姦されたのちに殺され、その死体は切断された。占領後の最初の一カ月に、約二万の強姦事件が市内に発生した。

後日の見積もりによれば、日本軍が占領してから最初の六週間に、南京とその周辺で殺害された一般人と捕虜の総数は、二〇万以上であったことが示されている。これらの見積りが誇張でないことは、埋葬隊とその他の団体が埋葬した死骸が三万五〇〇〇に及んだ事実によって証明されている。(『南京事件東京裁判資料』)

「南京事件」をえがいた小説は、インターネット百科事典「ウィキペディア」によれば、「時間」のほかに石川達三「生きてゐる兵隊」、三島由紀夫「牡丹」があがっている。すでに見たように、「生きてゐる兵隊」は南京攻略戦の最大の関門であった紫金山の攻防で終わっており、「事件」や南京の現実が題材になっているわけではない。「牡丹」は、戦後もしばらくして、神奈川の一港市にある牡丹園へ行く「俺」と戦友の話である。

牡丹園は南京虐殺の首謀者と目された「川又元大佐」が園主で、五百八十本の牡丹を植えている。見学を誘った友人によると、川又の戦犯罪状は、責任をとるべき虐殺は数万人におよんでいるが、手ずから念入りに殺したのは五百八十人、それもみんな女。「大佐は女を殺すことにしか個人的な興味を持たなかつた」という。

「俺」はいろいろ考え、こういう結論に達する。

あいつは自分の悪を、隠密な方法で記念したかつた。多分あいつは悪を犯したもつとも切実な要求、世にも安全な方法で、自分の忘れがたい悪を顕彰することに成功したんだ。

「南京事件」の嗜虐性、罪科意識のなさ、倒錯を指摘したといえなくもないが、如何せん十二枚（四百字）ほどの小品で、南京事件をえがいた作品としてあげればあげられるというものである。

強いてあげても三作品しかないというのは、ナチスによるホロコースト、広島・長崎への原爆投下をえがいたものとは比較にならないほど少ない。少ないというのもはばかられるほど、少なすぎる。しかも、ナチスのホロコーストも広島・長崎も、現在に至るもさまざま文学世界にえがき続けられているのにたいして、「南京事件」はまったく書かれることがない。文学（小説）は量でないとはいえ、これをどう考えるかは日本文学にとって大きな課題のように思える。あるいはそれは、文学にとってのことだけでなく、日本の戦後出発そのものへの問題提起であるかもしれない。

日本とともに枢軸国を形成したドイツは、戦後、東西に国が分断されたこともあり、微妙な色合いの違いをともなって、ナチスの戦争犯罪を追及してきた。当初は、ヒトラーを先頭とした指導部集団の犯したこととして断罪していたのが、一九六〇年のアイヒマンの逮捕と裁判の公開が一つの転機となり、西ドイツでは被害の公表を許容する社会へと変わっていくようにもなった。ベルリンの壁崩壊と東西ドイツの統一は、さらに変化をもたらし、巨大になったドイツへのヨーロッパの懸念なども念頭に、歴史をくり返さぬために、あらためて、ナチスとは何だったのか、何者だったのかを文学といわず映画その他で問い、歴史学、医学はじめ諸々の専門団体による協力・加担の検証作業がおこなわれるようになった。また、組織とともに一人ひとりの責任をも問いつづけている。

日本が戦争責任追及をあいまいにしてきたのは知られているとおりである。アメリカの世界戦略と対日政策によるとはいえ、最高責任者である昭和天皇のそれも不問にしてきた。しかし、だからといって日中戦争、アジア・太平洋戦争における日本の戦争犯罪とその責任が消えてしまうわけではない。堀田善衛「時間」はその意味でも貴重な作品といえるが、中国から「三光作戦」(中国語で焼光、殺光、槍光＝焼き尽くし、殺し尽くし、奪い尽くす)と呼ばれた中国華北地方への掃討作戦は、日本軍の正式作戦計画として実施したにもかかわらず、わずかに田村泰次郎が書き、宮柊二が歌っているくらいで、文学作品にほとんどえがかれることなく今日に至っている。

さて、「時間」である。

語り手である主人公・陳英諦は三十七歳。国民党政府の「海軍部」(「海軍省」)に文官として八年つとめた幹部職員で、三階建で十九室もある洋館に住んでいた。欧米文化にも造詣が深く、ヨーロッパの諸言語にも通じている。一九二七年四月の蔣介石による上海クーデターのときには、学生として弾圧された側にいた。

兄の陳英昌は日本に留学したことのある(東大法学部出身)司法官で、「司法部」(「司法省」)

の役人である。他の政府幹部とともに南京を逃げだすにあたって英諦に南京に留まるよう厳命し、日本軍の占領下でも家財を守り、さらに殖やせといい残す。

英諦は、日本軍の動向など南京で入手しうる情報を、この家の地下に秘密に設置してある無電機によって打電するという任務を与えられている。妻は清雪。結婚前にしばしば散歩にいった莫愁湖のほとりにかつて住んでいた六朝時代の女流詩人莫愁の名を借りて莫愁と呼ぶ。彼女とのあいだに英武という五歳の男児がいる。

作品の時間軸にそってたどってみると、

①話は、一九三七年十一月三十日から十二月十一日の、日本軍の南京攻撃を予期して国民政府が漢口に疎開し、日本軍が城内に入ってくる直前の街の様子から始まる。

市民たちの不安に満ちた毎日、南京を脱出できる特権階級と置きざりにされて身動きできない庶民たちとの絶対的な落差……。南京防衛軍も、幹部将校たちは脱出してしまい、指揮官のいない烏合の兵たちが城内にとり残される。

英諦の従妹・楊妙音が蘇州から命からがら脱出してくるが、彼女はおぞましい日本軍将兵の暴虐ぶりを語る。

②一九三八年五月十日夜半、英諦は自宅へ帰り、たった一人、地下の無電機の前に座っている。あの日から半年後である。話は十二月十三日から約三週間にわってくりひろげられた、日本軍将兵のかずかずの暴行陵辱――「南京大虐殺（Nanjing Atrocities）」が陳英諦自身の体験

として回想、挿入されていく。

英諦は十二月十三日の夜、妻子と楊妙音ともども近くの小学校に連行される。地域住民が収容されていて、校庭には屍が積みあげられていた（作者は「積屍」と表現する）。丸裸で胴体にはまったく傷がなく手足も完全なのに首だけがない、という屍体もあった。その日の朝早く四時ごろから順番に殺された人たちの屍体だった。額や掌に軍帽をかぶったり銃を持った跡がないか見るといった検査法で、毎日麺棒で粉をこねるため指にタコのできている男、鞄をかけるため肩に跡がついていたバスの車掌までが兵隊と見なされて殺されていた。殺戮が一段落すると、屍体を郊外のクリークに運び、水中に投げこむ作業に英諦たち男が駆りだされた。

翌十四日の夜、日本兵によるレイプがはじまった。英諦たちは、のちにダブルスパイと分かる男に手引きされて逃げ出し、野ざらしになった柩のあいだに隠れて一夜を過ごす。ようやく、金陵大学に設置された国際難民委員会の安全地帯にたどり着くものの、そこにもまた日本兵が俘虜捜索の名目で乱入して来る。

英諦は、俘虜としてトラックに乗せられ莫愁たちと離される。それが今生の別れになったが、英諦はその後、機関銃掃射を受けてクリークに転落し、空き家に隠れるものの日本兵につかまり、荷担ぎ人足生活を送る。スキを見て脱走し、わが家にたどり着くが、日本軍に接収されており、情報将校桐野中尉に身分をいつわって下僕兼門番兼料理人として暮らすようになる。そこで、地下にもぐっている共産党員らしい行商人の「刃物屋」に出会う。伯父も日本軍への協力者として現れる。

③一九三八年六月の現在時点の話が展開する。英諦は、以前の使用人であった洪媼に出会い、英武が日本兵に殺された顚末を聴く。桐野中尉に身分を知られ、ふさわしい仕事をするように勧められるが、辞退する。桐野は召集される以前は大学教授であったらしく、何かにつけて英諦と知識人同士の話をしたがるが、英諦は避ける。

従妹楊妙音の消息が「刃物屋」からもたらされる。生きているものの黴毒にかかり、苦痛をやわらげるために麻薬を使ったのが原因でヘロイン中毒になっていた。金陵大学に設置された安全地帯にいたのに、日本兵に強姦されたらしい。収容されていた五百名ほどの市民を組織し、無用の犠牲者を出さないように動き、「新しい時代は血ぬられた枯草の下から爽かに芽生えてきている」と言っていた彼女でさえ、暴虐の犠牲となることを免れなかったのだ。

④話の最後は、九月から十月の数日。楊妙音の蘇りへの苦闘がえがかれる。希望と絶望、生と死が交錯、混じり合いあい、あたかも中国の国土と人びとを象徴するかのようである。

というようになる。

「時間」は述べたように、南京で何が起きたのかその事件性を暴き、問うというものではない。ひと言でいえば、人間とは何かを問おうとすることにつきるのだが、作中の言葉を引くと、「人間の時間、歴史の時間が濃度を増し、流れを速めて、他の国の異質な時間が侵入衝突して来て、瞬時に愛する者たちとの永訣を強いる……」、この理不尽な「時間」(「歴史」と呼ぶこともできる)のなかで、なお、人間は人間として存在しうるか、である。作者は英諦に、日本兵を「鬼子《クイズ》」と呼ぶのを拒否させている。「南京事件」の暴虐の限りをつくしたのは鬼でなく、人間だと認識させている。であれば、その「人間」とはいったい何なのか。

この小説は、中国人知識人の目を借りて、日本人に日本人作者がそれを問う。中国人の視点に立つのは、そこに立たなければ見えないものがあるからだ。

たとえば、このような場面がある。「八月五日」のことである。

ちょっとでも気を許すと非道いことになる。昨夜怖ろしい夢を見た。そして夢の大部分は事実なのだ。日軍にさらわれて軍夫として荷を担ぎ、車輛をひかされて放浪して歩いた時、某所で日兵が娘を輪姦した。娘は、顔に糞便を塗り、局部には鶏血を注いで難を逃れるべく用意をしていた。けれども、日兵たちも、もはや欺かれはしなかった。彼等は娘に縄をつけてクリークに投げ込み、水中で彼女がもがくのを喜び眺めた。やがて縄をひいてひきずり上げた。糞便も鶏血もきれいに洗い落されていた。わたしは荷車に電線で縛りつけられていた。事おわってから、兵のうち一人が、

「いいじゃないか、お前も一挺やらぬか」

と云った。

その兵の顔は、用を済ませた獣と永遠に不満な人間との中間が、どんな顔つきのものであるかを明らかに示していた。失神した少婦は、失神によってまことに人間らしかった。しばらく後、少婦には冷水がかけられ、……。

夢では、この少婦の枕頭に、うなだれた、たてがみの長い白い馬を視《み》る。その馬の、瞠《みひら》いた巨大な眼。

つけ加えて云っておかねばならぬことがある。この淫蠱《いんこ》毒虐な景色からほど遠からぬところに、二人の年老いた農夫がいて地を耕していた。二人は傍目もふらずに働いていた。一鍬一鍬、頭上高くふりあげて規則正しく地にうちこんでいた。一鍬、一鍬、彼ら二人がどんなに深く強く我慢をしているかが、眼に見えた。

一方が「用を済ませた獣と永遠に不満な人間との中間」の顔つきなら、他方は「失神によってまことに人間らしい少婦の顔である。その枕頭にうなだれ、大きく目を瞠く白馬は中国に仏教を伝えた者を背に乗せた馬かもしれず、であるなら、彼女こそは救われる者であると言いたいのかもしれない。獣と人間、邪と正、醜と美というこの対照に、さらに、日本兵がつくり出す「淫蠱毒虐な景色」と、「傍目もふらずに…（略）…一鍬一鍬、頭上高くふりあげて規則正しく地にうちこんでいた」老農夫の姿をかさねれば、そこには、眼前の刹那とはるかな永遠という、歴史の流れというか、求めて得ようとするものというか、そのちがいが鮮やかに印象づけられる。それは、もしかすると二つの民族の決定的、根本的な違いであるかもしれない。

けれども戦敗は、敗者と呼ばれる人間の、ほんの、一つの属性であるにすぎない。あの農夫たちは敗者であるか、断じて敗者ではない。…（略）…彼等が抵抗に参加するときには、決して敗者としてではなく、農夫として参加するのだ。だから、彼等が戦うとしたら、その戦いは恐らく人間として、農夫としての解放をうるまで戦うということになるだろう。そしてその戦いは、戦っているうちに、いつか当面の敵たる日本軍をも超えてしまうだろう。

…（略）…

いかに奴隷化物質化を強いられていても、やはりわれわれは人間なのだ。
こう辿って来て、わたしはわれながら、実はびっくりした。このたびの戦争は、もしこれが正当に遂行されるとしたら、その結末は、つまり日本に対する抗戦は、いつのまにか克服され、結局、革命である……。
この戦争をついに克服するものは、革命だ。

英諦は、日中戦争のまだ始まりで、永遠の中国が向かうべき先を見つめ、考えている。そして、起つべきときを待っている。中国の一知識人にも流れている、永遠から来て永遠に行こうとするかのような「時間」（歴史）は、残念ながら日本人にはない。現に、日本人知識人で、アジア・太平洋戦争を終わらせるために、あるいは、終わらせる主体の形成とその行く先を考えて、「革命」を構想した人はごくごく少数である。

英諦（中国知識人）は、被害の意味を考え、いまの敗北の意味するものをとらえようとするところから、おのずとはるか先を見ようとする。だが、南京を陥落させた日本兵も司令官も大本営も、また、陥落前に「陥落」をあおった当時のメディアも、踊らされて提灯行列をした多くの日本人も、侵略や加害や勝利の、その意味を考えることはなかった。彼らはどこまでもそのときの刹那しか見ようとしなかったし、まして、それが永遠の過去から来て永遠の未来へ行くものと思うことはなかった。

だから、あれは戦争だったから、人間でなくなっていたのだ、みんながやった……と万人享受の特殊の事態にする。英諦（中国知識人）がいつでも起きうることと考え、それを根本から断ち切ることを考えるのに比して、日本人（知識人）はめったに起きないことにして変わらない日常を求め続ける。南京事件はあり得ないことになり、なかったことにしてしまうのに時間はかからなかった。

堀田もまた、そのような日本人（知識人）に深刻な危惧を持っていたのだろう。人間とは何かを問いながら、それへ接近していく思索を言葉にして積みかさねていく。以下に、それを引いてみる。多すぎると思うが、ご容赦願いたい。（　）の数字は岩波現代文庫の引用ページである。

▼つまりわたしも、すべての人々ではないが、非常に多くの人々と同じく、日軍の占領を既に予期し、その隷下で生きるための心の工夫をしているのである。

砲火、死、占領、亡国、属国、殖民地。

奴隷の境遇にあつて、いかにして奴隷ならざる、奴隷から最も遠い精神を立てて生きてゆくか。わたしは本能的な愛国心とか、愛国的な本能などというものを信じない。それはほとんど悪である。そしてこの悪を組織したものが用兵学である。わたしは、海軍部の文官を八年間もつとめた。そのことをわたしはよく知っている。用兵学は、農耕の術とともに最も古い、最も発達した技術であり、これがあるからこそ人間は国際紛争を戦争によって解決しようとするのだ。用兵学のとりこになってはならない。(42)

▼何百人という人が死んでいる――しかし何という無意味な言葉だろう。数は観念を消してしまうのかもしれない。この事実を、黒い眼差しで見てはならない。また、これほどの

人間の死を必要とし不可避的な手段となしうべき目的が存在しうると考えてはならぬ。死んだのは、そしてこれからまだまだ死ぬのは、何万人ではない、一人一人が死んだのだ。一人一人の死が、何万にのぼったのだ。何万と一人一人。この二つの数え方のあいだには、戦争と平和ほどの差異が、新聞記事と文学ほどの差がある……。(62〜63)

▼わたしは「洗城」という、古くもないがしかし新しくはない言葉を思い出した。彼等は洗城を開始したのだ。わが伯父の予想乃至期待は満たされた。

——いまわたしは鬼子《クイズ》という言葉をつかった。が、もう使うまい、どんなに使いたくなっても、たとえこれを使いでもしなければ到底気のすまぬときでも、使うまい。この逆立ちした擬人法は、長い時間のあいだには、必ずや人々の判断を誤り、眼を曇らせるであろう。彼等は鬼ではない、人間である。(86)

▼戦争で人が人を殺すのはあたりまえだ、と誰かが云った。

骨と筋肉でかためられ、神経の通った、そして動き、感じ、考えるこの美しいものを、何万、何十万も最も醜悪な物と化さねばならぬような価値がもしあるとすれば、それは妄想の世界にしか存在しえない。

人はたとえ魚のはらわたと同じものを腹にもっていようとも——。(123)

▼抵抗の必然性は、自身でそれの創造者となったものだけがつかみうるのである。必然性、つまりある仕方でしか存在しえないもの、それは決して人を拘束するものではない、生かすものなのだ。孤独な作業の過程で、人は人々のなかに出てゆけるようになる。皆がそうだから、あるいはその方が正しく思われるからなどという受身のあり方は、計算機械みたいなものだ。自ら必然性を創造出来ぬ自由は、自由ではないだろう。
創造者、創造的な領袖をこそ崇めねばならぬのだ、被造者ではなくて。（136）

▼あらゆるものは、コレクティヴ（注、集団的――引用者）に、痛切にコレクティヴに存在する、これは怠け者の考えではない筈だ。わたしは、人間を、愛を物質の水準、秩序で考えることに、懸命に堪えているのだ。
まったく無意味な大量殺人を目撃して来た者は、何の威厳もなく――威厳だと？　威厳など猫に食われろだ、――物として処置されうる、そして事実、処置されてしまった人間を、物質の秩序のなかで考えることに堪えなければならないのだ。その痛切さからしか、わたしは人間を、見得ない。戦争手段の発達は、おそらくますます人間を物質化するだろう。残虐ということばを不可能にするだろう。（145）

▼平和主義者が敵国の戦力を頼りにする。事実を認めろ、と云う。わたしも事実を認めるにやぶさかではない。だが、わたしにとって事実を認めるとは、既成事実をより一層かためるために協力することではない。その事実を変えようと意志することだ。変えようとする権利がわたしにはある筈だ。権利は、あれこれの特殊な事実に根差すものではない。特殊と普遍をすりかえてはならぬ。普遍的な事実を勘定に入れない、特殊事実主義者、あるいは現在事実主義者（おかしなことばだが）――は、自分に有利な事実のみを取出し、邪魔物は、見事に避けてしまう特殊な才能をもっている。(163)

▼彼は一瞬も手を休めなかった――このことが深くわたしの胸に応えたのだ。それはまた、わたしが日軍の軍夫として荷車に電線で結えつけられて、少婦が輪姦されるのを眼前にしなければならなかったあのとき、クリークを距てた畑地で二人の、これも年老いた農夫が傍目もふらず、一身に鍬をふるっていたのを思い出させた。たとえ心に煮えくりかえる痛苦があろうとも、いや、痛苦があるからこそ、彼等は規則正しく、一瞬も手を休めずに、地をうち、草をとっていたのだ。

英武の無慙な死にざま、殺されざまを、目撃した洪媼から知らされて以来の、わたしの怒りや哀しみ、そしてその反動から来た近頃の、一種の虚脱感、一切のものがなにか気違いものにしか思われぬ、現実とのあいだに透明な一枚のカーテンが下りたような感じ。

そのカーテンが、被れたのだ。農夫の鍬によって、鎌によって。

破れたところから、濃い緑の、黒いほどの緑の色を誇示して成育している麦もまた、夢幻世界か何かの麦であることを止めて、やがて実を結び、精製されて麺粉となるべきものとして見えて来た。(176〜177)

▼人間は、一人一人の人間は広く大きい、力にみちたものであるとは信じがたい、人間の存在を意識するとは、結局、その条件がいかに受け容れ難いものであるかということを、知ることではないか。見殺しに、しなければならぬことがある。しかし、だからと云ってわれわれはあらゆる悲惨事のとりこになってしまうことはない筈だ。わたしが、眼を蔽いたくなるほどの悲惨事や、どぎつい事柄ばかりをこの日記にしるしているのは、人間が極悪な経験にどのくらい堪えうるか、人間はどんなものか、ということを、痛苦の去らぬうちに確認してみたいがためにほかならない。時間がたったならば、わたしとてけろりと忘れてしまわぬとは限らないのだ。だから口にこそ云わぬが、毎時毎分、わたしは黒々としたニヒリズムと無限定な希望とのあいだを、往復去来しているということになろう。希望の方は、希望する義務があると確信するから、だから漸くにして持ち得ているのである。「にもかかわらず」というのがわたしの口に出来るたった一つのことばだろう。しかし、そうは云っても、わたしはわたしがペシミストであるとは、決して思っていない。希望は、

ニヒリズムと同じほどに、担うに重い荷物なのだ。われわれは死ぬまでこの荷物を担ってゆく義務がある、とそう思っているのだ。云い換えれば、希望にも堪えてゆかねばならないということだ。しかし、誰が、何が、いったいわたしにそんな義務を課したのか。神か歴史か、わたし自身は、神でもない歴史でもない、わたしがそういう義務を、このわたしに課したのだ、わたしがその義務を創ったのだ、と云いきりたい気がする、けれども、いま「わたしが」というとき、わたしは、たとえば肩に、何か超絶的なものが軽く触れたような、ある種の戦慄を感じる……。（191〜192）

▼「…（略）…日本人は、愛国的でさえあれば、アヘンをもって来ようがヘロインをもって来ようが、ちょっとも胸が痛まんのだな」
「というと、手段を選ばぬ、手段についての道徳的な干渉は」

「東京にいる生き神様にあずけっぱなしらしい」

「ははあ」

これは道徳問題の、まったく新しい処理法であった。神が現存するというこの新しさが日本の強さなのか。（214〜215）

▼「楊さんも良家の子女、それも一流の家の子女として何不足なく暮されたのでしょうか

ら、戦争は仕方がないとしても、わたしには、病気をなおして上げる義務のようなものがあるように思うのです」

「…………」

それならば幾十百万の難民と死者たちをどうしてくれるつもりか。日軍の手になる南京暴行を、人間の、あるいは戦争による残虐性一般のなかに解消されてはたまったものではない。(223〜224)

▼楊は何度か自殺しようとした、と云った。ということは、幾度か彼女自身と産褥の苦しみにも似た苦しい戦いを闘った、ということだ。そして彼女は、腐りかけた肉のなかからあの薄墨色の魂を生み出したのだ。赤子の代りに。

自分自身と闘うことのなかからしか、敵との闘いのきびしい必然性は、見出されえない、これが抵抗の原理原則だ。この原理原則にはずれた闘いは、すべて罪、罪悪である。莫愁を殺し、その腹のなかの子を殺し、英武を殺し、楊妙音を犯し、南京だけで数万の人間を凌辱した人間達は、彼等自身との闘いを、その意志を悉く放棄した人間達であった。

かつて心狭い白人達が異教徒を敵としたのは、基督を信じようという意志を放棄した人間と看たからだった。しかし、いまここにある問題は、信教やイデオロギーの問題ではない。(243)

▼真に、そして真の内発性をもったものは——何と云えば、いいか、つまり、彼女がもし快癒したら、そして働き出したら、彼女が闘うのは、敵が来たから闘うという、そういう因果関係によってではないであろう。何かに触発されて、ではないのだ。ニヒリストとは、いつもいつも触発されてばかりいる人のことをいうのだ。（259）

▼「うむ。だけど恋愛だけではなしに、束の間の閃光も薄光りも、とどのつまりは意志し希望しなければ、無いよ。道具化されるからといって嘆いたり恐れたりするのは、自分で病気になろうとしたり、なおるのを拒否しているようなものだろうよ。知ることよりも恐れることよりも、欲することの方が大事だよ。でなければ、何も彼もあやふやな夢におわる」

「うん。……煽動するね、君」

「そうかな、だけど本当にそう思ってるんだ。道具化され物質化されて、どんなに非人間的になっても、残るものが必ずある。でなかったら君、おたがいに去年の冬からあんなひどい修羅を通って来て、どうして……」

「そうか、非人間的、なんてあまり口に出すべきじゃないな、そうか……。ところであの女ね、日本人のめかけになった」（265）

一つひとつでさえ重いこれらの言葉をあえてまとめてみると、——

人間は、被占領や隷属下などの境遇になっても生きることを考えるものだが、その際、「本能的な愛国心」などというありもしない情緒的「悪」を組織し、それを「用兵学」として戦争に駆り立てる。用兵学のとりこになってはならない。人間は予想を超えて悪虐非道をおこなうものだ。それを、戦争だから……と肯定してはならない。人の死は量でなく一人ひとりが積み重なったものである。が、戦争は死を物質化し量に変えようとする。

人間はこれに抗わないといけない。抗って生きるところに人間としての価値を創造することができる。凶暴な事実を認めるということは、その事実を変えようと意志することだ。たとえ心に煮えくりかえる痛苦、悲憤があろうとも、規則正しく、一瞬も手を休めずに地をうち、草をとる農夫のように、みずからを打ち、人々の胸を叩き続けなければいけない。

希望は、ニヒリズムと同じほどに、担うに重い荷物なのだ。われわれは死ぬまでこの荷物を担ってゆく義務がある。義務はだれかから負わされたものではない。何かに触発されたものでもない。わたしが、わたしに課したものだ。その重さに堪えられず、ひるみそうになる自分自身と闘わないといけない。そこからしか、敵との闘いのきびしい必然性は見出されえない。

この国と人々とを愛そうと思えば、そうしたいと意志し希望しなければ実現されるものではない。たとえ道具化され、物質化されて、どんなに非人間的になっても、「にもかかわらず」人間には残るものが必ずあろうはずだからである。

——ということになろうか。「南京事件」から中国人知識人の陳英諦はこのように自らの思索の行く先を見つけ出した。読者の私たちは、さて何をどう考えただろう。

作者の堀田善衛は、一九一八（大正七）年七月七日に生まれ（一九九八年九月五日没）、四四年に召集されるが、胸部疾患のため兵役を解除され、「国際文化振興会」の上海事務所に勤めた。敗戦後も「国民党宣伝部」に徴用され、帰国は四八年になるという特異な中国体験を持っている。自分の誕生日が日中戦争の開始、盧溝橋事件と同じ日であることも、何かしらの陰影を与えたろう。

欧米列強から「開国要求」と干渉をほぼ同様に受けながら、日本は「脱亜入欧」「富国強兵」で、欧米的に見えつつ絶対主義としての天皇を戴く特異な近代化路線をすすんだ。中国は列強に侵食されながらも独自の近代化を模索し、アジア的形態の一つの変種としての中国的近代国家をつくりあげた。一九三一年の「満州事変」、三七年の「盧溝橋事件」による日中全面戦争、泥沼のアジア・太平洋戦争に敗北した日本は、その近代化路線を見直すチャンスを与えられ、国民主権、基本的人権の尊重、戦争放棄と戦力不保持の平和主義を原則とする憲法を手にした。中国は、抵抗戦のなかに胚胎した社会主義が大きく台頭してくることになった。それぞれの進み行きの違いをひとかたならぬ関心を持って見たであろう堀田は、はたして何を考えていただろう。

「時間」に先だって、堀田は中国の国共内戦をとらえた長篇小説「歴史」を発表し（一九五三年、新潮社刊）、重要人物の周雪章にこういう思いを抱かせている。

……（略）……けれども、彼女にはどうしても解せないことが一つあつた。左翼の文献で日本語訳のないものは殆どないらしい。それも、中国のそれのやうに不完全な訳ではなく、たとえ○○や××が入ってゐたにしても、みな立派な訳であるらしい。それなのに、いつたい何故日本には革命がなかったのか？　龍田の姿がちらと思ひ出た。日本の知識階級とは、本当に知識だけの階級なのだらうか？　そんなことはあるまい。しかし、日本の反動派は麦克阿瑟《マックアーサー》と組んで再び何事かを画策してゐるといふ。麦克阿瑟《マックアーサー》は警官に武器を与へて陸軍を再見したといふ。

龍田はこの作中で唯一の日本人知識人で、堀田が自分自身をモデルに造形したといっていい人物である。雪章の思いは作者のそれだともいえる。社会主義中国の誕生、朝鮮戦争というアジア情勢のなかで、日本を反共の防波堤にしようと、戦後の民主化・非軍事化の方針を転換して警察予備隊の設置、レッドパージが吹き荒れるなど、「逆コース」といわれる時代の流れのなかでの執筆である。何をすべきか、何ができるか、胸中に吹いた風は想像に難くない。

「歴史」につづいて発表した「記念碑」(一九五五年)、その続編ともいうべき「奇妙な青春」(一九五六年)、あるいは、これら以前に発表し、芥川賞を得た「広場の孤独」、「漢奸」(一九五一年)、さらに後年の、戦時下の自らの青春時代をふり返った「若き詩人たちの肖像」(一九六八年)など、それぞれに立ち入らないが、堀田が終始問い続けたのは知識人という存在の意味、またそのあり方だった。

人間が予想もしない悪虐卑劣な存在に変わりうるものだとして、あるいは、その狂騒に煽られ煽り巻き込まれる者だとしても、「にもかかわらず」人間を愛せるとしたら、知識人こそがそれを指し示しうるのではないかと堀田は考えなかったろうか。一九三七年暮れから翌年春の南京の地獄のような狂乱からでさえ、私たちはそれを見つけ出さなければならないだろう。そのためにこそ、あのとき、あそこで、「日本」は何をしたのかを心に刻み込まなければならないと思う。

「燼滅作戦」と田村泰次郎

またまた長い引用になって恐縮だが、田村泰次郎の「裸女のいる隊列」がこのような日本軍の一部隊をえがいている。

……（略）……

老百姓《ラオバイシン》、——日本軍にとって、この言葉は、なんの人格的な意味もなかった。彼らは野良犬や、虫けらと、すこしもちがう存在ではなかった。長い戦争の期間をとおして、日本軍に殺された住民の数は、恐らく日本軍と闘って死んだ中国軍の兵隊の数よりも多いのではないだろうかとさえ、私には思われる。すくなくとも、中国の奥地では、戦場で見る敵兵の死体よりも、農民の数の方が、私たちの眼に多く映るのが、普通だったのだ。ある時期においては、ときには、公然と、住民をみな殺しにしろという軍命令が出たこともある。燼滅作戦というのが、それだった。

「おい、こんどの作戦は、ジンメツだとよ」

作戦開始のときになると、兵隊たちはそんな噂をしあった。作戦地域内の部落という部落は焼き払って、生あるものは、犬の子一ぴきも生かしておかないというのが、建前だった。日本軍全体が、血に狂った鬼の軍隊になった。

住民たちに対する日本軍の身の毛のよだつような所業は、私の七年間にわたる戦場生活で幾場面も見ているが、全戦争期間、全戦域にわたっては、それがどのくらいの場面になるかは、想像を絶したものがあるにちがいない。私は、その凄惨な場面に生きてきたが、ために、戦後十年すぎたいま、ふたたび、民族優越の自信をとり戻すことが叫ばれても、私にはとてもそんな気持が動かない。

私は日本人の一人である自分自身を信じられぬし、また人間全体をも容易に信じることはできない。

…（略）…

その山脇大尉という将校は齢はもう四十歳に近かったようだ。昔の一年志願の将校で、こんどの戦争に召集されるまでは一介の平凡な勤め人だった。私たちが補充要員として、内地から送られて行った山西省の、石太鉄道のある駅から三十里ほど南にはいった、太行山脈の中のその県城で、山脇大尉は勇名を轟かせていた。
大尉は県城を警備する大隊の第一中隊長だった。私は第三中隊に編入になったが、内地から送られていった補充兵仲間で、山脇中隊に入れられた者は、その日から猛烈な訓練を受けねばばならなかった。

…（略）…

新兵が入隊すると、山脇隊では新兵の度胸をつけるために敵兵や、日本軍側に連絡をしない部落の住民を捕えて、一名の新兵に一名ずつの男を刺殺させることになっている。新兵が入隊する頃、山脇隊につかまった住民は運が悪い。生きて帰れることは、まずないからだ。

…（略）…

「おれの隊では、討伐に出たら、強姦したって、ええんやってよう。そのかわり、強姦したらきっとその女を殺さないかんのやって。死人に口なしいうさかいなあ」
関西出身の同期の補充兵から、そういう言葉を聞いたことがある。それが山脇隊の暗黙の隊規（?）だったようだ。そのときからすでに、私はそういう考え方をうたがわずにはいられなかった。いくら敵性地区の住民であっても、暴行を加えた尚その上に、まだその女の生命まで奪う必要はないように思えた。殺すことだけは、余計ではないか。

…（略）…

あるときの討伐では、山脇隊長が、兵隊たちのとり巻いているなかで、父と娘とを相姦させたという噂も聞いた。そのあと、父も、娘も、銃剣で刺殺したそうである。私は隊長のところへ行くことが、次第に気味悪くなって来た。それは隊長が、単にこわいというだけではなくて、なにかそういう相手に敬礼し、その指示を受けることが、いつのまにか、自分まで相手と同じ世界の人間にしてしまうような不安からである。

私は隊長が大声でどなる声を、一度も耳にしたことはない。訓辞なども、ほかの将校に任せて、隊長自身はほとんどしないらしい。そのくせ、山脇隊は、みごとに隊長の下に、統率されている。ちょっと考えると、それは奇異な現象である。けれども、その統率の秘密を、まもなく、私は自分の目でまざまざと見た。

…（略）…私は山脇隊に連絡にだされた。恰度、山脇隊は山の稜線にむかって、急勾配の斜面を登ってくるところだった。私は稜線をちょっと降りたところで、隊長を待った。そのとき、なにか白い色が、隊列のなかに、まじっているのを、私は見た。

白い色は、うす暗さを増してきている山の暮色に、一際きわだっているが、とっさには、それがなんであるか、私には見当がつかなかった。

けれども、近づくにつれて、まもなく、私にわかった。それは全裸の女なのだ。一個分隊くらいの間隔をおいて、その裸の女体は配置されている。あまりの唐突さに、私にはこの場面の意味が、すぐには判断出来なかった。

「貴様たち、この姑娘《クーニャン》が抱きたかったら、へたばるんじゃないぞっ、――いいか、姑娘《クーニャン》の裸をにらみながら、それっ、頑張るんだっ、――」

下士官がどなっている声が、聞えてくる。隊列は、私のそばにきた。眼の前をすぎて行く女の肌は、はっきりと鳥肌だっているのが見え、蠟人形のように透きとおってきていて、むしろ、妖しい艶めかしさを帯びてさえ見えた。

隊長は、馬上で、影絵のように近づいた。

「小休止」

隊長が小声でつぶやくと、そばの将校が大声で、それを中隊じゅうにつたえた。

隊長は私の伝達を聞くために、馬から降りて、地面に立った。そのとき、一人の老婆が、なにか大声でわめきながら、隊長のそばに寄ってきた。裸にされて、酷寒のなかに立たされている娘を、返してくれといっているらしい。娘たちは、さっき通過してきた部落からひっぱってきた女たちにちがいない。

老婆は、彼女たちのなかの自分の娘を追っかけてきたのだ。

うるさいというように、将校の一人が老婆をつきとばした。老婆は、道路わきの地面に落ちて、仰むけにひっくり返った。その姿勢のまま、まだしきりとわめいている。すると、隊長が、ひょいと腰をかがめて、両腕で西瓜ほどもある石を抱えあげたかと思うと、老婆の方にむかって投げつけた。

「ぎゃっ」というような叫びが、山の空気をひき裂いて、老婆の頭は砕けた。ざくろのように白っぽい脳漿が、凍土に、どろりと流れた。

誰も、なんともいわない。一瞬、ひんやりとしたようなものが、兵隊たちの胸から胸を流れたようだった。

「出発」

山脇隊長は、同じ調子の小声でつぶやいた。

まだ、びくびくと手足を動かせて、うなっている老母を残して、ふたたび、隊列は、裸女をはさんで、粛々と動き出した。それは一糸乱れぬ、みごとな統率ぶりであった。

田村泰次郎は一九一一年に三重県四日市市に生まれ、四〇年に二十九歳で召集、独立混成第四旅団（独混四旅）砲兵第一三大隊第三中隊に配属された。大学卒業者は通常「幹部候補生」の将校として入隊するが、田村は「一日でも早く、召集解除になりたくて」幹部候補生を志願しなかったという。独立混成第四旅団は、日中戦争開戦翌年の一九三八年に編成され、日本軍が占領した山西省に派遣されて治安維持にあたった。田村は、第三中隊が中国八路軍の百団《ひゃくだん》作戦によって中隊長以下八割の戦死者を出し、その欠員補充として送られて来たので ある。「裸女のいる隊列」は、『別冊文藝春秋』一九五四年十月号に発表されたもので、戦後十年近く経って山西省の治安作戦を回想した、ほぼ彼の体験といっていい作品である。他の兵士にも同様の証言がある（青木茂『日本軍兵士近藤一――忘れえぬ戦争を生きる』風媒社、二〇〇六年）。

田村はしかし、最前線の激闘に耐えかね、同じ三重県出身の作家丹羽文雄の尽力で四一年、旅団本部直属の宣撫班に転属する。八路軍の捕虜を団員とする「和平劇団」を組織して巡回公演をおこなうなど、教育文化宣伝活動など「平和」的手段による治安作戦の一端を担った。田村が敗戦後、復員まもなく書いた「肉体の悪魔」（『世界文化』一九四六年九月）は、彼らを率いて華北平野と黄土高原のあいだにある太行山脈をたどったなかでの、女性中国共産党員と日本軍兵士との交情に材を得ている。「肉体の門」（一九四七年）とともに戦後文学に「肉体派」として位置してしまった田村だが、戦後日本の廃墟に佇み、信じられるものは肉体だけとうそぶいた彼の心奥に吹きあれた荒涼は、想像にあまる重いものがあったろう。

ともあれ田村が山西省中東部を中心にそのような活動をしていたとき、のちに戦後短歌界の主要な一人となる宮柊二が、一兵士として山西省北西部で武力による治安戦に従事していた。

北原白秋の門下に入り、秘書役もつとめるなど注目されていたが、歌人として本格的に歩むのは戦後になる。一九四九年、第三歌集として『山西省』（古径社）をまとめたが、治安作戦での行為、感情を隠すことはなかった。収録順に幾つか拾い上げてみる。

出没する敵百姓をのぞみつつ水を溜め豪を掘り静けき日々《ひび》や

鶏《にはとり》をいすくめ抱《かか》へ密偵の丈《たけ》の低きが捕はれ来りぬ

甕《かめ》の類あまた並べし家ぬちに遁《に》げ遅れたる女ぞひそむ

落ち方の素赤《すあか》き月の射す山をこよひ襲はむ生くる者残さじ

磧《かはら》より夜をまぎれ来し敵兵の三人《みたり》迄を迎へて刺せり

ひきよせて寄り添ふごとく刺ししかば声も立てなくくづをれて伏す

胸元《むなもと》に銃剣うけし捕虜二人青深峪《あおふかだに》に姿を呑まる

とらへたる牛喰ひつぎてひもじさよ笑ひを言ひて慰さむとすも

宮は一九一二年生まれ、田村とほぼ同年である。二人ともやや年をとってからの召集であれば、それなりの人生経験と分別を持っての従軍と思われるが、侵略の軍兵として赴いている自覚はない。それを想像する心の自由を失っている。

「出没する敵兵」「鶏をかかえた密偵」「遁げ遅れた女」とは、なるほど一兵士の見たそのままであるにちがいないとしても、「敵兵」は自分たちこそがそうであることを、少なくとも歌詠みであるなら見ていないといけないだろう。鶏はそもそも彼のものであったかもしれず、逃げ遅れ、日本兵に発見された女のそのときの恐怖がどれほどの悲嘆と絶望につつまれていたか、歌人ならば作る歌の背後にひそやかでも立たせておかなければなるまい。

宮が戦後に歌集を編むとき、戦場の自分に誠実に向き合おうとしたことはよく分かる。隠さないで戦後を生きようとした心情は、貴重なものともいえる。宮のその後を今の私たちは知るだけに、彼をしてなおそこへ行かせた、人間という存在の底知れない悪魔性、残忍性を思わずにはおれないのである。

今夜、中国の山深く、貧しい小さな集落を襲うというとき、宮はただ気持ちが昂ぶっているだけではない。「生くる者残さじ」と断然の決意である。せめて一人は殺そう、などと生やさしい（一人でも大変なことではあるが）ことを考えているのではない。宮の胸中にあるのは、皆殺し、以外ではないのである。もちろん、殺戮に疑問を持ったり、いやだと思ってもいない。思考は単純化し、条件反射のように、殺される前に殺す、となっている。夜の闇にまぎれてくる中国兵を三人まで殺した、引き寄せて声も立てさせずに刺殺したとなると、これはもう必殺〇〇人のような馴れた手つきになってしまっている。

宮はその同じ手で、その日その日の出来事を日誌のように書いて故郷の母へ送った。母は今ごろ自分の手紙を読んでいるだろうかと、「油吸《あぶら》ふランプの明《あか》り目に沁みてうらがなしかも母の日記読む」と歌った。戦場の殺伐、狂乱が背景にあるからこそ、夜のしじまに一人、ランプの明かりに目を細めながら息子の手紙を開き、ただ無事を祈る母の思いが想像できるのである。戦場でなお、「母よ」と思いを募らせる宮であるにもかかわらず、と私は思ってしまう。そして、彼を狂気に駆り立てているのは、彼の個人的な資質には因っていないだろうとも思う。

捕虜を養っておくほど余力はない、捕虜は殺せ、また、食糧は現地調達つまり徴発、ありていにいえば掠奪であれば、捕虜を殺して深い谷に突き落とすことなど気にとめることもないし、久しぶりの牛肉の味に、それが中国人農夫たちの汗とともにあった家畜であることに思いを延ばすことはない。

宮が中国山西省で詠んだ短歌は、人間感情の襞襞にも分け入ってその微細な揺れをもとらえようとする歌人にしてなお、戦争が人間をどこへ引き連れていくかを語る、現代への警句であるのかもしれない。いや、そうなのだろう。そう受けとめて心して読むべきなのだと思う。

二〇一一年十二月に、NHKは「［証言記録　兵士たちの戦争］中国華北　占領地の治安戦〜独立混成第4旅団〜」という番組を放映した。近藤一をはじめ兵士たちのインタビューによって山西省での治安戦をふり返っている。インターネットでいまも見られるが、概略、次のように説明している。

日本軍に対し、山西省では中国共産党の軍隊・八路軍が山などの地形を巧みに利用したゲリラ戦を展開し、宣伝工作によって住民を次々と味方につけていた。日本軍が確保できたのは、資源を運ぶ鉄道と拠点となる町や村だけだった。限られた兵力で広大な地域を支配するため、日本軍は部隊を少人数に分散させ「分遣隊」として配置した。こうした分遣隊は、わずか十数人で八キロ四方を受け持つ場合もあった。

一九四〇年八月、八路軍は大兵力を動員し日本軍に対し一斉攻撃を行い、複数の鉄道や拠点を同時に奇襲した。中国側が百団大戦（百個連隊による攻勢作戦の意味）と呼ぶこの攻撃に対し、日本軍は大規模な八路軍掃討作戦を発動。独立混成第四旅団は「根拠地となる敵性部落の焼却や、敵性ありと認めた一部の住民の殺害もやむを得ない」とする命令を下した。八路軍兵士と住民が混在する戦場で日本軍の将兵は経験したことのない困難な戦いを強いられていく。また戦争が長期化する中で、一部の将兵の間で軍紀の乱れが目立つようになる。司令部は軍紀の徹底を再三にわたり指示したが、広大な地域に分散配置された部隊の末端にまで徹底することは困難だった。

独立混成第四旅団は一九四三年、第六二師団に編成替えをして京漢作戦に参加した後、沖縄に向かう。四五年四月からの沖縄本島に上陸した米軍と最前線で戦い、将兵の九割が命を落とした。一部の将兵は山西省に残るものの中国の内戦に巻き込まれ、八月の敗戦後も八路軍と戦い続け、四九年までに五百五十名余が命を落とし、七百人以上が捕虜となった。近藤一は沖縄戦をたたかい、所属した第一三大隊約千百人のうち生き残ったのは九十二人、近藤が所属した中隊百九十人中、戦後「本土」に帰還できたのは十一人だったという。

近藤は当初、沖縄戦についての語り部として話をしていたが、沖縄戦での日本軍のひどさを語るにつけ、中国でのことも話さなければいけないと思うようになったと言っている。

日本陸軍の軍編成は、平時は師団―連隊―大隊―中隊―小隊―分隊となっていたが、日中戦争開戦以後、支那派遣軍や南方軍といった「軍」、さらに北支那方面軍などの「方面軍」が師団の上につくられた。戦闘は主として中隊単位でたたかわれたが、およそ百二十～二百人を擁した中隊は、撃つも引くも、殺すも捕縛するも中隊長の命令、号令しだいだった。先に、ルソン戦におけるベンゲット路守備隊のことを記したが、一日にマッチ箱一杯の米で、全員が病いと飢えのために歩くのに杖にすがるほどになりながら、わずか七十余名でアメリカの歩兵連隊一個大隊を向こうに回して三月から四月下旬まで（一九四五年）、一兵の侵入も許さずにたたかった部隊の指揮官は、二十一歳の中尉だった。兵士がいかに指揮官の人格見識、また経験に感化されるものであるか、如実な例といってもいい。

だが、日本軍はそのような指揮官ばかりでない。田村がえがいた山脇中隊長はとくにひどいとしても、彼に似た指揮官はむしろ多かった。田村は、山脇隊に捕まる住民も運がわるければ、配属されるとすぐに刺殺を強いられる新兵も、やがてそれに馴らされて何でもやるように変わっていく兵士たちも、運がわるいとえがく。確かにその通りだろう。ちがう中隊長のもとでなら、ちがった兵になっていただろう。だが、「軍人勅諭」にある「下級のものは上官の命を承ること実は直に朕か命を承る義なりと心得よ」、逆らえば「抗命罪」ということを、変わっていく自分の「口実」にし、あるいは戦後にふり返ったときの「自嘲」にした兵士も少なくはないのである。運のわるさ、で片付けてよいのか。これは考えてみなくてはいけない問題である。のちに紹介するが、殺すことを拒否し、そのためにさんざんいじめられつづけたがかろうじて自分を保ち、生還したごく少数の兵士はいる。小説世界では、捕虜とみなした中国人の少年を殺害したことに心を痛め、ついに自殺した兵士もえがかれている。そういうことを、私たちは忘れてはならないと思う。

ともあれ、日本の華北治安戦である。北京、天津を中心とした河北省と山西省、さらに内モンゴルを総称した華北地方を日本は北支、北支那とよび、三十万を超える膨大な兵員の北支那方面軍を派遣した。華北を軍事占領し、傀儡政権（中華民国臨時政府、汪精衛政権樹立後は華北政務委員会）を設置して第二の「満州国」化をはかり、資源の獲得と市場の支配を目指した。アジア・太平洋戦争がはじまってからは、傀儡政権を強化するとともに、資源、食糧、金、労働力の収奪・掠奪をいっそう強化し、そのため、北支那方面軍の治安戦は、「労工狩り」や物資の掠奪・強制供出など露骨に収奪的なものになっていった。

笠原十九司『日本軍の治安戦——日中戦争の実相』（岩波書店、二〇一〇年）、『南京事件と三光作戦——未来に生かす戦争の記憶』（大月書店、一九九九年）などによってこの治安戦を見ていくと、いまさらながら、自分の無知さに愕然とする。日本軍にとっての治安戦は、日本軍が確保した占領地の統治を安定確保するための政治、作戦、施策だが、中国にとっては当然のことだがまったく逆だった。日本軍は中国共産党八路軍が支配して活動する地域と民衆に対して砲火、殺戮、掠奪などほしいままの掃討作戦を展開したが、中国側は当初からこれを三光作戦、三光政策と呼んだ。笠原はこう指摘している。

日中戦争において日本軍がおこなった侵略・残虐事件の象徴として南京大虐殺事件（南京事件と略称）が語られることが多いが、三光作戦のなかでおこなわれた虐殺・残虐事件こそが、日本軍の正式な作戦計画にもとづいて、解放区や抗日ゲリラ地区の軍民の燼滅・殲滅をはかった大規模な掃討作戦の結果生じたものであり、軍事思想・作戦・実態・犠牲者数において、日中戦争の侵略性・残虐性を象徴する深刻なものであった。

笠原の指摘どおりだとすると、これが小説世界に映されたものは今のところ田村泰次郎の短編いくつかを除いてなく、「南京事件」ともども、日本文学はこれらの残虐・非道を歴史から消去するのに手を貸していたのではないかと思いたくもなる。しかも、小説の田村泰次郎も、短歌の宮柊二も、従軍した兵として見、感じたことを書き、歌ったのであるから、見てはいなかったが知った作家たちの（知ったのがいつのことであっても）、そのありようもまた問われなくてはならない。もちろん、文学だけの問題ではないとしても。

それはさておき、日本軍がいっそうひどい掃討作戦を展開するのは、一九四〇年八月から十月にかけての、二次にわたる百団大戦で手ひどい敗北を喫してからである。それは日本軍に大きな衝撃を与えた。「北支那方面軍作戦記録」は次のように記している。

北支一帯に蟠踞《ばんきょ》せる共産軍は、第十八集団軍総司令朱徳の部署に基づき「百団大戦」を呼唱し、昭和十五年八月二十日夜を期して、一斉に我が交通線及生産地域に対し、奇襲を実施し、特に山西省に於いて其の勢い熾烈にして、石太線及北部同浦線の警備隊を襲撃すると同時に鉄道、橋梁及通信施設等を爆破又は破壊し、井陘炭坑等の設備を徹底的に毀損せり。本奇襲は我が軍の全く予期せざる所にして、其の損害も甚大にして且復旧に多大の日時と巨費を要せり。
右奇襲を受けたる我が軍は、将来斯くの如き不覚を生起せざる為、並に軍の威信保持の為、共産軍を徹底的に潰滅せしめんとし、晋中作戦を企図するに至れり。

不意を衝かれた日本軍の驚愕、歯がみ、報復への執念を窺わせる文書である。そして日本軍は、二度にわたって晋中作戦と称する殲滅戦を展開する。当時、山西省の警備を担当していた北支那方面軍第一軍の参謀長田中隆吉少将は第一期晋中作戦にさいして、「作戦実施に方りては執拗に敵を追撃すると共に、迅速に其の退路を遮断して敵を随所に捕捉撃滅することに努め、目標線進出後反転して行う作戦に於いては、徹底的に敵根拠地を燼滅掃討し、敵をして将来生存する能わざるに至らしむ。又、進路の両側に退避せる敵に対しては徹底的に索出して之を剿滅す」と厳重に指示した。笠原はこのように説明している。

「反転」とは八路軍を作戦目標地点まで追撃した後、部隊の進行を反転して、敗残兵などを掃蕩しながら出発地点にもどる作戦行動である。田中参謀長の指示は、その「反転」において、八路軍の根拠地を「敵をして将来生存する能わざるに至らしむ」ように「燼滅掃蕩」せよ、つまり、燃えかすも残らないほど徹底的に殺戮、破壊、放火、掠奪して生存不可能な状態にせよ、と指示したのである。第一軍上官による公式の三光作戦実施命令であった。

笠原は、これを受けて独立混成第四旅団の片山省太郎少将が「今次作戦は既に示せる如く敵根拠地に対し、徹底的に燼滅掃討し、敵をして将来生存する能わざるに至らしむること緊要なり。之が為無辜の住民を苦ましむることは避くべきも、敵性顕著にして根拠地たること明瞭なる部落は、要すれば焼棄するも又止むを得ざるべし。此の場合にありても虐殺掠奪に類する行為は厳に戒むるを要す」と「討伐隊に与うる注意」を出したことも紹介している。

虐殺掠奪行為への厳戒を指示しているものの、これが言葉だけであったことは実際の日本軍兵士の行動が示している。なにより、八路軍の掃討といいながら、彼らと無辜の住民との識別はあいまいであり、あいまいである以上、手当たり次第の殺戮、破壊、放火、掠奪になるのは目に見えている。「進路の両側に退避せる敵に対しては徹底的に索出して之を剿滅す」とあれば、なおのことである。「剿滅」とは跡形もなくすっかり滅ぼしてしまうことだが、事実、そうなった。

田村泰次郎がえがいた、

「すくなくとも、中国の奥地では、戦場で見る敵兵の死体よりも、農民の数の方が、私たちの眼に多く映るのが、普通だったのだ。ある時期においては、ときには、公然と、住民をみな殺しにしろという軍命令が出たこともある。燼滅作戦というのが、それだった。

『おい、こんどの作戦は、ジンメツだとよ』

作戦開始のときになると、兵隊たちはそんな噂をしあった。作戦地域内の部落という部落は焼き払って、生あるものは、犬の子一ぴきも生かしておかないというのが、建前だった。日本軍全体が、血に狂った鬼の軍隊になった」

という光景は、けっしてフィクションではなかったのである。この日本軍の正式な作戦、命令のもとで、宮柊二は「こよひ襲はむ生くる者残さじ」と武者震いをしたのである。

治安戦による被害総数を中国の文献に記述されたものとして、笠原は、

晋綏、晋察冀、冀熱遼（河北・熱河・遼寧省にまたがった根拠地）、晋冀魯豫、山東の五つの抗日根拠地を合わせて、もとの人口は九三六三万三〇六人であったが、日中戦争の八年間に、一般民衆で直接・間接に殺害された者が二八七万七三〇六人、傷害者が三一九万四七六六人、日本軍に拉致連行された者が二五二万六三五〇人、女性で強姦され性病をうつされた者が六二万三八八人（山東省の根拠地を含めない）、慢性的病気を患った者四八二万五九人、これらの死傷者・疾病者・障害者の合計は一四〇三万八八六九人に達し、華北抗日根拠地の総人口の七分の一近くであった。さらに日本軍の作戦がもたらした災害をうけた民衆は一九八八万一九〇五人に上った。

と紹介している（前出『日本軍の治安戦』）。一九四一年と四二年に華北において軍事工事に人夫として強制徴用された中国人はのべ四千五百万人、四一年から四三年までの河北、河南、山東などから満州へ連行されて強制労働をさせられた青壮年が二百八十九万人以上ともある。

田村泰次郎の短編に「地雷原」というのがある。『群像』一九六四年十一月号に発表された。脱走して中国軍に加わっていた日本兵を捕捉し、彼に自決をすすめる話だが、作中に、部落の牛を徴発して地雷が敷設された道路を行軍の先に歩かせる場面がある。牛を追いたてるのは新しい俘虜たちである。小説であっても牛がかわいそうになるし、俘虜の扱いには嗜虐的な臭いさえ感じてしまう。だが、実際には牛がいなければ、つまり、日本軍兵の腹のなかに入ってしまうと、牛の代わりに住民が駆り立てられたのである。傷害者のなかに脚を失ってしまった人は少なくなかったという。

さらに笠原は、一九三七年七月から四五年十月までの間に日本軍は、華北各省の市と二百三十九の県で合計一千回毒ガスを使用したこと、華北で七十回以上の細菌兵器を使用し、そのうち具体的な志望者数の分かる二十五件において、華北の軍民四十七万人以上が死亡したことをあげている。強制連行・強制労働では、日本は華北の各地二十か所に監獄式の収容所を設置し、大きいところで四、五万人、小さなところでも一、二千人を押し込んだと紹介している。また、中国解放区救済総会の一九四六年の統計によると、晋綏、晋察冀、冀熱遼

（河北・熱河・遼寧省にまたがった根拠地）、晋冀魯豫、山東、中原、蘇皖（江蘇省と安徽省）の七つの解放区が被った公私財産、家屋財産、食糧、農林牧畜および農家副業、綿花およびその他の農産物減産、鉱工業など諸々の損害、被害総額は、四百八十三億余米ドルに上ると数字をあげている。

天文学的な数字だが、中国の大地と人びとの心に刻み込み、沁み通らせたものは、この数字で埋めることはできない。それでもなお中国の人たちは生き、四千年の歴史に包み込んでさらに先へと向かおうとしている。それがたとえ私たちの想像にあまるものだとしても、拮抗する意志を持たなければ、私たちも前へは進めまい。私たちは、この加害の末に生きているのだから。

三、「かんにんしとくなあれ」と叫ぶ兵

殺さなかった兵もいる

田村泰次郎が中国人劇団を連れて太行山脈を歩いていた一九四三年三月、のちに詩人となる井上俊夫は、江西省の省都南昌の北西約四十キロの地点にある田舎町の一角に駐屯していた。歩兵連隊傘下の第×中隊約二百五十名の「第六班」という、初年兵ばかり二十数名を集めた分隊に所属した。一九二二年、大阪・寝屋川市の農家に生まれ（二〇〇八年没）、四二年に召集された井上はこのとき二十歳。「今からお前たちの度胸をつけ、実践に役立つ兵士にするために、実物の人間を使った銃剣術の刺突訓練を実施する」と命令され、二十代の中国人捕虜を銃剣で突いた。捕虜は炊事場で働かされていた見知りの青年だった。一年ほどの捕虜生活ののちに復員した井上は、野間宏や小野十三郎に師事し、一九五七年に詩集『野にかかる虹』で第七回H氏賞を受賞した。日本の詩祭二〇〇六では先達詩人として顕彰されているが、生涯、この体験を背負って生きた。こんな詩をつくっている。

「うわ、おう、うわおう、うわ、うらら！」

昔の軍隊はいやなところだったという話をすると
すかさず、嘘だ嘘だと若々しい男の声が跳ね返ってくる。
あんたがた元日本軍兵士は
新兵の頃はそうだったかもしれんが
三年兵、四年兵ともなれば
夜毎夜毎、下級の者に陰湿なリンチを加える喜びに
五体を震わせていたというじゃないか
俺たちもたった一度でいいから
堪能するまで人を苛める楽しみを味わってみたい
うわ、おう、うわおう、うわ、うらら！

命令で異国の戦場へ引っぱり出されるのは
大変気が重かったという話をすると

すかさず、嘘だ嘘だと若々しい男の声が跳ね返ってくる。
あんたがたは与えられた新品の三八式歩兵銃を
後生大事に抱きしめながら
いのちがけの無銭旅行もまた楽し
むこうへ行けば毛色の違った女を抱けるかもと
期待に胸はずませながら
輸送船に揺られていたというじゃないか
俺たちもたった一度でいいから
日の丸の旗をはためかして殺人ツアーに出かけてみたい
うわ、おう、うわおう、うわ、うららら!

戦争で無益な殺生をしたくなかったという話をすると
すかさず、嘘だ嘘だと若々しい男の声が跳ね返ってくる。
あんたがたは殺さなくともいい捕虜や市民の首をはねたり
銃剣で突き刺したり
生き埋めにしたりして
けっこう虐殺を楽しんでいたというじゃないか

俺たちもたった一度でいいから
思う存分人間を殺してみたい
うわ、おう、うわおう、うわ、うららら！

占領地の非戦闘員は大事にしたという話をすると
すかさず、嘘だ嘘だと若々しい男の声が跳ね返ってくる。
あんたがたは若い女とみれば見境もなく強姦し
あとで悶着が起きないようにと
必ず女の胸に一発銃弾をぶちこんでいた
母を求めて泣き叫ぶ幼い子供だって
容赦しなかったというじゃないか
俺たちもたった一度でいいから
異国の女を犯してみたい
うわ、おう、うわおう、うわ、うららら！

戦争だけはやってはならない
今度戦争が起こったら世も末だという話をすると

すかさず、よけいなお世話だと
若々しい男の声が跳ね返ってくる。
俺たちが死のうと生きようとほっといてくれ
あんたがた年寄がおためごかしに口にする
反戦平和論議なんかちゃんちゃらおかしい
そんなに戦争が嫌いなら
なぜ若い時に命を賭して反対しなかった
なぜ戦争に行ったのだ
なぜ人殺しをやったのだ
そもそもあんたがたに戦争に反対する資格があるのかよ
とにかく俺たちもたった一度でいいから
戦争というべらぼうに面白そうなものをやってみたい
うわ、おう、うわおう、うわ、うららら！

これは、「浪花の詩人工房」と名づけた自身のホームページに発表したものである。アイロニカルなレトリックなど忖度することなく、憤激のメールを寄せた人も多いと『初めて人を殺す　老日本兵の戦争論』（二〇〇五年、岩波現代文庫）の「あとがきに代えて」に書いている。

「あとがきに代えて」には、井上がこの詩を書いた気持ちも述べられており、

現代の若者の多くが日本の近現代史をきっちりと学んで、確固とした歴史認識と反戦平和の論理を構築できないでいる以上、それが出来ていなかった往年の私たちのように、いきなり侵略戦争の尖兵として、戦場に連れ出されたらどうなるか。まかり間違えば、私たちと同じような殺人、放火、略奪、強姦などの加害行為を働いてしまう可能性があるのではなかろうか。

この詩は、そうした予感の裏付けがあって書かれているとも言える。

しかし、この詩はなによりも私自身のために、「私の自己批判」として「懺悔」として書かれているのだ。詩の中で老兵に激しく投げつけている「若者の叫び」こそ、実は「私自身」に寄せる「もう一人の私の叫び」なのである。

と記している。同書は戦後六十年にあたる二〇〇五年の年初に出版されたが、井上は、戦後六十年つづいてきている日本の平和はとても十点満点とはいかない、悪いところや危ないところがいっぱいある、けれども、どんなに「悪い平和」でも、またぞろ政府が唱えるかもしれない「善い戦争」よりも絶対に良い、と述べてもいる。イラク戦争にかつての自身の体験をダブらせ、「戦争のフルコース」が見えると警告し、再びの道を峻拒する。井上の詩はそ

ういう思いのうえにある。

ところで、井上のいう「私の自己批判」「懺悔」である。おそらくそれは、なぜ戦争をとめられなかったのかという政治や哲学上の思念としてではなく、なぜ戦争に行ったのか、なぜ殺したのか、というきわめて実践上の問題としてあるように思われる。本書に収められた長編の回想記録「初めて人を殺す」は、井上自身の初年兵の体験を綴ったものだが、その「自己批判」「懺悔」の意味を重く考えさせる記録である。戦争中のことであれば、井上が「殺人罪」に問われることはなかったが、中国人青年を突き刺した事実は残り、記憶は消えない。まして、刺突を強制されたとき、同じ初年兵の一人が何度も「かんにんしとくなあれ」と泣き叫び、ついに最後に回されて激しい革帯ビンタの末、上官二人がかりで突く真似をさせて終わった顚末を見ているのだから、井上の心中には苦く重いものが残ったろう。

馬場と名乗るその初年兵は、やや愚鈍なのか、文字の読み書きにも不自由で、井上に母への手紙の代筆や便りの代読を頼んでくる。その彼が、いよいよのとき命令に抗う。身もだえしながら叫ぶ言葉は、彼が慣れ親しんだ大阪の日常語である。初年兵教育で受け、戦地ではことさらに押しつけられた軍隊用語ではない。一人の人間として、人間の言葉で拒否する。軍隊生活では、あるいは彼を軽く見る心が井上になかったとはいえない。文学青年で、「日本文学はもちろん／ロシア文学もフランス文学もアメリカ文学も／かなりの数の本を読破していた」(「無知でない無知な若者」、『詩集　八十六歳の戦争論』、二〇〇八年、かもがわ出版) 井上から見れば、馬場は何も知らないお百姓だったろう。だが、どちらがそのとき、普通でまともな人間であったか、あろうとしたか。

井上の「自己批判」「懺悔」は、それから六十年後の答えとしてもある。

刺突訓練は、入隊し、戦地に赴いてはじめてやらされるのではない。

早乙女勝元に『わが街角』という、作者と等身大の少年・早瀬勝平を主人公に、三月十日の東京大空襲をクライマックスにして戦時下の人間模様を活写した長編小説がある。これによれば、勝平が国民学校高等科にすすむ一九四四年ごろには、毎月一回、大詔奉戴日を記念した月初めの八日に、正門前に二体のワラ人形が引き出される。頭にはルーズベルト米大統領とチャーチル英首相の似顔が貼り付けてある。早乙女はこうえがいている。

集団登校してくる子どもたちは、班長を先頭に一本ずつの竹ヤリを手わたされ、これを平行にかまえて、二体のワラ人形の心臓部めがけて、「エイエイッ、オウッ」と突きさす。赤だすきの週番のほか、戦闘帽、ゲートル姿に身をかためた校長先生はじめ諸先生注目の中で、鬼畜米英必殺の一撃を加え、

「よろし」

といわれて、はじめて学校の門をくぐることができるのである。

早乙女は一九三二年三月生まれ。すでに初等科のころから防空演習をやり、どの鉛筆にも米英撃滅の金文字が刷り込まれ、HBは中庸とされている。英語は敵性語だといって放逐され、野球用語もストライクがよし、ボールがダメに置き換わった。それにとどまらず、刺突訓練が課せられる。十二、三歳の少年に、殺す訓練をさせるのである。「毎月一回、寿命をけずりとられるような悲壮な瞬間」と思うのは勝平だけではなかろうが、やがてそれに慣れてくる。戦争とは人を殺すことだが、そのことを何とも思わなくなっていく。戦場の兵士は、それを下地に今度は生きた人間を的にやらされる。

刺突訓練をだれが思いついたかは知らないが、狂った人間が考えたことではなかろう。きわめて正気に、「お国のために」「戦争に勝つために」と思いつづけるうちにふっと浮かんだのか、あるいは戦地が先で、帰ってきた兵隊の口から漏れ出てやるようになったか。情けないことだが、人間は所詮その程度だとよくよく心に刻んでおかなくてはなるまい。ワラ人形が人間に替わるのに、さして時間はかからないのである。

藤枝静男に「犬の血」という短編小説がある。「見習軍医沢木信義は、昭和一九年九月末、薄曇りの寒い午後、鞄を下げて、北満N駅に降りた」と書き出される作品は、荒廃した軍隊生活とその極みとして犬の血をスパイとされた「満人」に輸血する顚末をえがいている。

翌日の午後、信義は医務部長に出頭を命ぜられ、犬の血液を試験的に人体へ輸血して見ること、要領は庶務主任から聞くこと、という簡単な命令を受けた。

(犬の血)彼にはまるで意味がわからなかった。

太平洋戦争の勃発以前、支那のどこかで、馬の血の輸血が実験された。百cc乃至《ないし》二百ccの馬の血液が捕虜の血管に注入され、捕虜は死ななかった。戦場で給血者が得られない場合、失血死に直面した時は、リンゲルや葡萄糖《ぶどうとう》よりは、馬から輸血する方が効果的であるということが、何回かの実験の結果、極秘として口頭で報告された。それを信義は千葉の陸軍病院で或る上級の軍医から聞いたことがあった。彼はその時その実験の詳細を識りたいと思ったが、相手の軍医も事実だけを或る軍医学校教官から告げられただけとのことで、彼の好奇心は満たされずに終っていた。

(馬の間違いではないか。しかし部長は確かに犬と云った)と彼は迷った。それが馬ならば、とにかく非常の救急策として新しい意義がある、しかし犬とはどういう意味なんだろう。

沢木の疑念ものかは、庶務主任は、スパイを一名捕まえてある、明後日輸血してもらいたい、百くらいでいいだろう、死んだら解剖すること、報告は口頭でいい、と気のない口調で告げる。沢木が、まず馬で試してみたい、なぜ犬なのか、血液型……と言葉を返すと、「血液型は問題じゃない。死ぬか、それとも生きてるか、それだけだ」と突き放す。それでも沢木は、凝集反応をやると告げる。血液型のちがう四人の兵隊から採血して血清を分離し、ガラス棒の先に犬血をつけて混ぜ合わせ、凝集の状態を調べた。

沢木は、それでは量が足りないという兵長の島田をさえぎり、凝結しそうだから先ずこれだけをやる、と静脈に針を刺す。

ゆっくり、ゆっくり、信義は内筒を押して行った。

しかし十秒とたたぬうちに、満人の顔は真赤になり、続いて怖ろしい力でもがき始め、胸を掻きむしろうとでもするように、手首が上の方に向かって強く曲げられた。信義の手が筒から離れようとした。島田が急に手を伸ばしてそれを押さえようとした瞬間、信義は全身を島田にぶっつけた。犬に足をとられて仰向けにコンクリートの上に倒れた島田の胸に注射筒を投げつけ、それから走って軍刀を摑んだ。島田の顔色がさっと変り、彼は両手を顔の前で交叉するようにあげ、口を何か叫ぼうとするように開け、少し横にいざった。信義は軍刀を革鞘のまま振り上げ、島田兵長の頭に打ち下ろした。島田が頭を抱えてゴロリと横になった。その背中と腰へ、彼は、「このッ、このッ」と低く叫びながら、何度も何度も刀を打ち下ろした。頭の奥の方で（俺は人殺しを拒むこともできなかったし、やり遂げることもできなかった――この満人は助かるだろう。しかし又すぐ殺されるだろう）と思いながら。

若い医師には、「北満N駅」に降り立ったときから、「或るだらけた幸福な孤独感」があった。「俺はもう危険のない、とにかくここ一年半くらいは生命の安全を保障された場所へたどり着いたぞ」と、南太平洋の死地に送られた友人たちを思い、思うこと自体が「幸福」の味付けでしかないことも察していた。だから、だれた生活に浸るのに時間はかからなかった。それを見透かしたように、上官にへつらって身の安全を図る島田らが接近してくる。女を知り、性病にもかかる。

しかしそれでも、沢木には超えてはならない一線は守ろうとする意志があった。生かしてこその医師であれば、どのような状況であれ、殺してはならない。それが最後に小さな抵抗を試みる。抗いはしかし、所詮小さく無力である。ではどうすればよいのか、よかったのか。作品は閉じられても、問いは残る。

藤枝は一九〇七年生まれの眼科医である。この「犬の血」をふくめ三度芥川賞候補になったが受賞に至らず、医業を長男夫妻に譲るまで、医業第一、文学第二の信条を貫いた。小説の沢木が北満に赴いたころは、のちに、これも芥川賞候補になった「イペリット眼」の舞台ともなる、平塚市の海軍火薬廠付属病院に眼科部長として赴任していた。

「イペリット眼」は、少年工の角膜に炎症が起きていることから、彼らが毒ガスのイペリットの製造に従事していることを知る話である。敗戦も間近な六月、主人公の島村は病院に呼び出される。技術大尉と見習工員の二人がイペリットをかぶり、すぐに除毒したが二時間後に毒害が出てきたという。病室のベッドには、「肝油を全身に塗布され、上からガーゼとタオルで被われた一面に白い身体」と、全身にマーキュロを塗られただけの「真っ赤な肉体」があった。むろん、白い方は技術将校、赤い方は見習工員である。軍医は、肝油払底の折から、事故を幸いにマーキュロで試していると平然といい放つ。

戦争が政治の延長であるなら、ここにあるのもまたそうであり、歴然とした差別がある。その上でしか、戦争遂行の理念は成立しない。とりわけ、労働者への抑圧は平時に輪をかけてひどくなり、女性とともに年少者も容赦しないことを、作品は冷静に切りとり、怒りを隠さない。時代の狂気は医者、医療をも例外にしないが、人間としての倫理、自他への批評精神を失わないことで、かろうじて退廃を拒否し、正常を保つことができる。

殺す側に立たないこと、差別する側に立たないこと……狂気の場でなおそうであり得るか。問われるのはそれである。藤枝静男が最後まで医業から離れず、かたわら小説を書き続けたのは、人間を「実」においてだけでなく、また「虚」だけにもせず、突きとめようとしたからだろう。

ちなみに、日本軍による中国戦線での毒ガス使用は、一九三七年七月の日中戦争開始直後から始まる。当初は催涙ガス（みどり剤）だけだったが、天皇の許可が出たのか徐州作戦（三八年四月）あたりから、くしゃみ性・嘔吐性ガス（あか剤）が使われるようになり、四〇年七月の宣昌作戦のころには、大本営が「厳ニ使用ノ企図及事実ヲ秘匿ス　特ニ其対外影響ヲ慎重ニ考察シ第三国人居住地域附近ニ使用セス且其痕跡ヲ残ササル如ク注意ス」と条件を付けて、「特種煙及特種弾ヲ使用スルコトヲ得」とした。特種煙及特種弾とは、糜爛性ガス（きい剤）で、四〇年八月から四二年六月ごろまでが、日本軍が化学戦をもっとも激しく展開した時期だと言われている。このころになると、あか剤程度はとくに隠さねばならないものでなく、砲兵も歩兵も分隊に至るまで例外なくあか剤・あか筒を携帯し、戦闘で使っていたと山田朗『兵士たちの戦場　体験と記憶の歴史化』（岩波書店）はいう。

それはさておき、青年医師沢木が強いられたような人体実験が、戦地でどれくらいおこなわれていたかは分からない。富士正晴がえがいたように、退屈まぎらしに空気を血管注射して致死量を確かめようとした話もある。それをもっと大がかりに、細菌戦研究の実験台として生きた人間を切り刻んだのが七三一部隊である。関東軍第七三一部隊、正式には「関東軍防疫給水部　本部　満洲第七三一部隊」がひろく知られるようになったのには、森村誠一が大きく貢献した。ドキュメント「悪魔の飽食」（一、二部は光文社、三部は角川書店から出版）と小説「新・人間の証明」（上・下、角川書店から出版）を一九八〇年代初頭、前者は日刊「赤旗」に、後者は月刊誌『野性時代』にほぼ同時に連載発表し、問題を投げかけた。「悪魔の飽食」は組曲（池辺晋一郎）にも、演劇（土井大助）にもなった。演劇をもとに中国では映画も作られた。

三千人を超える中国人捕虜たちを「マルタ」とよび、人間モルモットとして二日に三人の割合で殺害した七三一部隊は、日本の敗戦が近づき部隊を撤収するとき、男女年齢を問わず「マルタ」全員を毒ガスで殺害し、遺体を積み上げて焼却、骨灰は松花江に流して隠滅をはかった。生還者が一人もおらず、したがって被害者からの証言はいっさいなく、加えて隊員たちには厳重な秘匿が強いられ、また相互監視も怠らなかったことから、その所業、全貌はほとんど分からずにいた。

森村は、「死の器」連載中にかかってきた一本の電話から七三一部隊の手がかりをひろげていった。そして、ハルビンの南方二十キロの平房に、五キロ四方のコンクリートの塀をめぐらせて高圧電流の鉄条で囲み、そのなかで、伝染病の感染・治療、細菌兵器の開発、凍傷や毒ガス、梅毒など性病や人体の生理にかんする数々の実験がおこなわれたことをつかんでいった。前出の『兵士たちの戦場』などによれば、細菌戦はノモンハン事件（一九三九年五月）ではじめて実施され、以後、四〇年の浙東作戦における寧波、同年の衢県、新京、農安、四一年の常徳作戦における常徳、四二年の浙贛作戦での金華で、いずれも大規模なペスト菌散布を実施したと言われる。中国では戦後も長く疫病が流行した地域もあった。

七三一部隊を発案し主導したのは石井四郎である。京都大学医学部を首席で卒業後、細菌学、衛生学、病理学の博士号を取得したといわれる。知的だが野心的、エキセントリックな人物と評されるが、医師も各様とはいえ、命を毛ほどにも思わぬ者を医師と呼ぶのははばかられる。森村は、七三一を調べれば調べるほどその救いのなさに愕然とし、人間はどんな極限状態でも人間らしい勇気と理性を堅持し、人間らしい行動ができることをえがき出したかったと、小説に挑んだ事情を語っている（『文化評論』一九八二年一月号）。

事実として生還者ゼロの魔窟から、かろうじて人間であろうとした人々の連携で命を救われた赤児の物語を設えた「新・人間の証明」の小説的仮構は、作者の意図、心情をまったく肯いながらも、それでも、「悪魔の飽食」が持つ迫真性、リアルさを上回るに至っていないことを、私はやや深刻に考えてしまう。ドキュメンタリーとフィクションを単純に比較することは避けなければいけないが、作者があえて挑戦したそこに、希望という観念が入り込んでしまったのではないかと思うのである。七三一部隊を追う作家の冷徹な目が、小説世界に入るところあって欲しいという願望で透明感を欠くところに、森村をしてさえそうさせるものを、私は思ってしまう。つまり、悪魔と人間はそのようにまったく別のものと考えてよいのか、そうではなくて、人間のなかにそのような「悪魔」が棲みついているとして、それを出させないために理知を働かせ、あるいは、出てこられない「社会」をつくるために懸命であろうと考えるのか、という点である。

七三一部隊の所業は悪魔のそれといっても、だれも否定はしない。戦争という狂気が普段はさせないことをさせたとも言える。しかし、それでもあえていうなら、それも人間がやったことに違いはないのである。人間にしかできないことでもある。私たちは、私たちをふくむ人間のなかにある「悪魔」を、簡単に切り捨ててしまってはいけないのではないだろうか。堀田善衛「時間」の主人公陳英諦が日本兵を「鬼子」と呼ぶのを止めたように、私たちも、その点を考えなくてはいけないように思う。

帰国しなかった兵もいる

「悪魔」を拒否するのは、それを戦争という特殊なときの特殊な行為と単純化することを戒めることでもある。そしてそれは、抗った人間をことさらな人間、英雄としてしまうことも戒めることになる。「かんにんしとくなあれ」という涙ながらの抗弁は、断じて英雄の言葉ではない。気の弱いごく普通の、戦争などに駆り出されなければ黙々と鍬を田畑に振るっていたお百姓の言葉である。戦争は、人間を悪魔に変えるのではない。人間のなかの悪魔を無理やり引っ張り出すのである。ならば、普段の人間をどう鍛えていくか、である。かの農家青年が最後のよすがとして大地にしがみつき、自分の生きる場所は戦場などではないと喚いたたように、労働と理知によって、あるいは経験によって、また、友情や愛情、さらに信仰によって、生きる幹を太くゆたかにするほかかない。

捕虜の刺突を命じられ、銃剣をかまえてまさに突き進もうというときに、渡部良三を踏みとどまらせたのは父の言葉であり、キリスト者として生きる思いだった。彼もまた、英雄とされるのを拒否した。

『歌集　小さな抵抗　殺戮を拒んだ日本兵』（岩波現代文庫）にまとめられた短歌と講演録は、一首読んでは思いを沈め、二首読んでは考えこんでしまう、それを何度もくり返す重い一書である。

一九四四年春、渡部は中国河北省深県東魏家橋鎮という小さな村に教育訓練の日を送っていた。その日の朝食時、班付の上等兵がばん！　と食卓をたたいて立ち上がり、「…（略）…今日は教官殿の御配慮によりパロ（八路。中国共産党第八路軍の略。現在の人民解放軍の前身）の捕虜を殺させてやる。演習で刺突《しとつ》してきた藁《わら》人形とは訳が違うから、教官殿の訓辞をよく聞き、おたおたしないで刺し殺せ！…（略）…」といった。

捕虜を殺し肝玉もてとう一言に飯はむ兵の箸音やみぬ

救いなき酷さの極み演習に慠れる軍は捕虜殺すとう

稜威《いつ》ゆえに八路《はちろ》を殺す理由《ことわり》を問えぬ一人の深きこだわり

刺し殺す捕虜の数など案ずるな言葉みじかし「ましくらに突け」

渡部は、紹介した「捕虜虐殺」にはじまり、「拷問を見る」「戦友逃亡」、みずからに加えられた「リンチ」、それを見た「東魏家郷鎮の村人」、出征前の「学徒動員（明治神宮外苑広場ほか）」、さらに「敗戦す」から「極東国際軍事裁判はじまる」まで、彼の戦争体験をおおよそ七百首の歌にしている。軍隊生活、それも多くの時間を命令に従わなかったことから受けたリンチに苛まれ、かろうじて安息を得た便所の中で綴ったという。歌集には青山学院大学でおこなった講演記録「克服できないでいる戦争体験」を収載しており、「捕虜虐殺」の経緯を次のように話している。

新兵は狎《な》れてきたのか、それとも教官のつわものだてという要求を容れたのか、徐々に声にはりが加わり、先き手を担った兵のように怖《お》じ気《け》を見せなくなり、四人目もすでに生命断え、突き出される剣尖《けんせん》に、ものゆのさまにゆれていた。その時自分の想念が、どこでどうしたのか、五人目の捕虜を一番最初に刺突するのが自分になると計算をしていた。その事が分かった時、衝撃的に、山形駅で父と別れる時の父の言が蘇《よみがえ》った。「神様を忘れないでくれ。事に当って判断に窮《きゅう》したならば、自分の言葉でよいから祈れ。信仰も思想も良心も行動しなければ先細りになる許《ばか》りだぞ……」

彼は今更の様に、父のその一言に力を得て祈りを始めた。唯一言「神様、道をお示し下さい。力をお与え下さい」。それは今尚忘れかねる、幼児の祈りにも似た拙《つたな》い貧しい祈りと希《ねが》いであった。呟《つぶや》きとも独語《ひとりごと》ともつかぬ祈りの中で、中国大陸における黄塵《こうじん》来襲前に聞く大地の深処《ふかど》で轟《とどろ》く、重くこもったような音と共に、自分の体全体が巨大な剣山で挟み付けられたと思うような激痛と共に、神のみ声を聞いた。

「汝、キリストを看よ。すべてキリストに依《よ》らざるは罪なり。虐殺を拒め、生命を賭けよ！」

そうだ、祈ろうと考えようとこの道しかない！　既に四人は殺され、もう一人は確実に殺されるであろう捕虜と共に、この素掘りの穴に朽ちる事になろうとも、拒否以外に選択肢はない。殺すものか！……。

時間の流れは自分の想念とは関わりなく流れ、血と人膏《あぶら》で赤黒く光る刺突銃が私の手に渡されていた。今でも私に銃剣を渡した同年兵の声は耳に残っているが、自分がいつどのようにして刺突銃を握ったのか覚えていないし思い出せない。そして「信仰」を挟んで、教官との問答となった。

「おい渡部、お前は信仰の為にパロを殺さないというのか」どすのきいた大声と眼球の飛出しそうな厳しい目つきであった。

「はいそうであります」彼の一言は、途方もない大声で四方に響き渡った。

すべてキリストに拠らざるは罪、虐殺を拒め、生命を賭けよ、神様を忘れるな、信仰も思想も良心も行動しなければ先細りする……。渡部がそこで聞き、思い出す言葉は苛酷である。だが、心を決めるとそれまで見えていなかった景色が見えてくる。聞こえなかった声も聞こえてくる。自分のことだけに囚われていた心が解放され、捕虜である彼の凛然とした姿、息子を思う母の一途、極限にいてなお母をいたわる息子……。渡部は人間であろうとすることで彼らの「人間」も見え、知る。

さわやかに目かくし拒む八路あり死に処《ど》も殺す人もみむとや
憎しみもいかりも見せず穏やかに生命も乞わず八路《パロ》死なむとす
纏足の女は捕虜のいのち乞えり母ごなるらし地にひれふして
生命乞う母ごの叫び消えしとき凛と響きぬ捕虜の「没有法子《メイファーヅ》！」

没有法子。よんどころない、仕方がないという意味だが、時と場所でその言葉でしかいい表せない思いも含まれる。この場合はどうであったか、いやそれよりも、彼のその言葉を渡部はどう聞いたのか。渡部の胸中もまた、没有法子、ではなかったろうか。お互いに自分が選んだ道、日本軍に抵抗すればどうなるか、命令を拒否すればどうなるか、分かっていてそれでもそのようにしか生きられない、そうしなければ生きるとは言えない、その時が来ただけだ。没有法子、仕方がない。母よ泣くな、父よ嘆くな、息子は最後まであなたの息子であった……、そのような思いであったのではないだろうか。

だが、待ち受ける運命は卑劣で苛酷である。

血と人膏《あぶら》まじり合いたる臭いする刺突銃はいま我が手に渡る

虐殺《ころ》されし八路《はちろ》と共にこの穴に果つるともよし殺すものかや

殺さぬは踏むべき道と疑わず拒みし我を囲む助教ら

「捕虜ひとり殺せぬ奴《やつ》に何ができる」胸ぐら摑むののしり激し

天皇はいかなる理《わり》もてたれたもう人殺すことをかくもたやすく

以後、渡部は通信兵になるために転属するまで、毎日毎夜、リンチを加えられることになる。

血を吐くも呑むもならざり殴られて口に溜《たま》るを耐えて直立不動

かほどまで激しき痛みを知らざりき巻ゲートルに打たれつづけて

かかげ持つ古洗面器の小さき穴ゆ雫のリンチ頭《ず》に小止《おや》みなし

「教練」も「賜物」とうも私刑《リンチ》なり木銃帯革軍靴ゲートルすべてくらいぬ

はつかなる自《おの》が時間《ときほ》欲り用もなき厠に入りてかがみ目を閉ず

天皇《すめらぎ》の赤子《せきし》の軍になぶり殺しうくるとも吾《あ》は踏みたがうまじ

這《は》いずりて銃を捧げて営庭を三度《みたび》廻れば肱は血を吹く

ゲートルリンチ、対向ビンタ、水責め、匍匐《ほふく》、捧げ銃、殴打（帯革、軍靴、銃把）等々、人知で考えられるであろう殆どの私刑は、死を除いて経験することとなった、と渡部は記している。しかし、人は見ているものである。東魏家郷鎮の村人たちが渡部に心を寄せてくる。

むごき殺し拒める新兵《へい》の知れたるや「渡部《とうべえ》」を呼ぶ声のふえつつ

小さき村の辻をし行けばもの言わず梨さしいだす老にめぐりぬ

柔らかにもえ立つ春の陽だまりの村人の微笑《えみ》に救い憶えつ

渡部はこのとき、まだ歌らしい歌も詠めないまったくの素人といってよかった。その点、宮柊二とは違う。宮はまがりなりにも歌人として立とうという意志をすでに持ち、北原白秋の門を叩いていた。しかし、たとえば渡部の次のような短歌をどう考えるか。

隠れ居し老か火達磨にさけびつつまろびいでしを兵は撃ちたり

燼滅《じんめつ》は夜半におよべり見返れば地平火の海これも戦《いくさ》か

家焼かれ住処《すみか》のありや広き国支那とはいえど貧しき農等

抗日のちから弱むるすべという村焼く無道を誰がいつより

三光《さんこう》の余《ま》りに凄《さむ》しきしわざなり叫び呻きの耳朶《みみ》より消えず

信仰の如何、思想の如何……に答えを直結させないで考えたい。宮柊二は襲撃する村を前にひとりも生かさないとみな殺しに心を昂ぶらせ、渡部は作戦そのものを疑い、村人へ思いをめぐらせた。渡部には宮の心は詠めず、宮には渡部が見た光景は歌えないのだとしたら、のちの歌人の本質を決定するのは、何であるのか。その時そこで、何を思い、見、聞いたのか、であるのか。それともそれは、のちに習得する技巧でいくらでも追尋・修飾可能なものであるのか。

だが、宮柊二は隠しも粉飾もしなかった。一人も生かすものかと思ったそれを、その時の歌人の思いの真実とし、それを足場に今度は踏み間違えぬように歩もうとした。

おそらく、文学とそうでないものとの分水嶺は、そこにあるのだろう。技巧は修練だとしても、そして文学芸術にとってそれは必須の要件で、ときに決定的に重要なことだとしても、その時その場で揺れた心のリアルな波動にまさるものはない。感動はもとより誤りもまたごまかすことなく真摯に向き合い、誠実であろうとするなら、私たちはいくらか真実に接近することができるのかもしれない。

いかに宮柊二といえ、渡部のような歌は詠えない。巧拙のことではない。渡部のように中国の貧しい農民たちに寄せる心を持たないでは、心が延びずに詠おうにも詠えないのである。人は心ばえ、とは藤沢周平が好んで登場人物に言わせる言葉だが、このときの「はえ」は、「映え」でも「栄え」でもなく、相手を思いやってずっと延ばす、その心の「延《は》え」。平時においては何でもないこの言葉も、おそらく戦場ではもっとも無縁の、いちばん遠い心情であったろう。杭州上陸から上海、南京、徐州、武漢と〝勝ち戦〟のときは驕り高ぶり、彼の国の人は殺し、襲い、奪う対象としか見えず、国共合作から抗日が激しくなり、インパールから古山高麗雄がえがいた「断作戦」「龍陵会戦」「フーコン戦記」の雲南戦などになると、死と飢え、全滅の恐怖につつまれて、とても相手を思う一欠片も心にきざすことはなかったろう。

渡部とて戦友が目の前で撃たれて死んでいく姿を見、死を覚悟した瞬間は幾度かあった。それでも渡部は歌を作った。

もの書くは厠と決まる新兵《へい》われになに指図なきひと時なれば

ぼう大な軍隊歌、戦場歌がこうしてつくられた。詩「骨のうたう」で知られる竹内浩三も、厠に灯る豆電球を頼りに日記を綴り、それを宮沢賢治の本に埋め込んで姉の元へ送ったというが、渡部は上官、戦友に見放され、痛むリンチの体を引きずるようにして入る厠である。戦場に出れば、もちろん厠などなかったが、通信兵に回されたことが幸いし、紙片に書き付けひそやかに隠して復員した。現在私たちが目にするのは、のちに渡部が推敲したものである。歌人でもあった父親から発表をひかえた方がよいと言われたものもある。高名な歌人から添削されたが、納得いかずにもとのままにしたものもある。すでに鬼籍に入って久しい渡部のこの一書をぜひ手にして、考えてほしい。殺さなかった兵のいることを、犯さなかった兵のいることを。どんなリンチにも、四面楚歌、無視にも、耐えた兵のいることを。

私は、この書を読みながらもう一つのことを思った。渡部や竹内が戦争の狂気からかろうじて自分を保持した、書くことの尊さである。ずいぶん前のことになるが、野口冨士男から、海軍で見聞きしたことなどを断片的に綴り、それを小さく折り畳んで靴底に隠して持ち帰ってきた話を直接聞いたことがある。書いていた時だけは真人間になれたといったときのちょっと自慢するような野口の顔を思い出す。彼らは、のちに歌人になる者は短歌を、詩人は詩を、小説家は小説の素材を書いていた。彼らにとってその時その瞬間が生きている時間だったが、それは文学であった。自己表現だの手すさびだの暇人の呟きだのというものではなかった。書くことは生きているそのものであり、文学こそが人として生きている証になり得たのであった。

私の年長の友人が父親の三十三回忌に年譜をまとめ、解説をつけて冊子にした。送ってくれたものを読むと、戦地から妻に宛てた、夥しい手紙のその量に驚かされ、それにもまして、これまた多くの短歌を作っていることに、かさねて驚かされ、考えさせられた。文学など生きていくのに何の役にも立たない、などと自嘲交じりにせよ話していたことが恥ずかしくなった。戦地で生きるよすがを文学に求めたのは、のちの歌人、作家ばかりでなく、友人の父もまたそうであったことは、人として生きることと文学との離れてはならない関係を語ってあまるだろう。

広津和郎は戦時下に、「沢山の芸術の種類の中で、散文芸術は、直ぐ人生の隣りにゐるものである。右隣りには、詩、美術、音楽といふやうに、いろいろの芸術が並んでゐるが、左隣りは直ぐ人生である」(「散文芸術の位置」)と言ったが、芸術文化が人生にとって必須不可欠であることを現代のこの時代にあらためて思う。

話が横にそれたが、渡部はようよう復員する。

敗戦の責任《せめ》なきさまの振る舞いの階級章なき将の愚かさ

北支派遣の総大将はとうのはて逃げ帰りしか噂広まる

軍衣袴にメモを縫込めリバティーに乗ればほとするわが青春の記

しかし、ふたたび足を踏み入れた故郷は、ただ懐かしいだけのところではなかった。自分のために縄うたれた父がおり、村八分に耐えた母がいた。

ざらめ雪はだらに残る峡《かい》の村学徒兵ひとりいま復員《かえり》来つ

復員に疑うべくもなきうつつ民族《たみ》を見下ろす占領軍あり

抑えつつ征旅《たび》の安けさ祈りたる父のうなずきつ復員の息子《こ》に

もの見ゆるさまに吾子《あこ》をし見詰めたる母は涙耐え厨に消えつ

再びを吾《あ》は見ざるべし強いのはて征《ゆ》きて戦い嘆《な》きし唐国《からくに》

暁の不意打ちのさまに有無のなく父に縄うつ「特高」をきく

顔面神経痛病みて癒えざる父の頬に未決の獄舎《ひとや》偲びつつ触る

憲兵隊に検閲受けし父のふみ復員《かえり》し故山の兵に届きぬ

戦争の日々、殺戮を拒んだがためにいじめ抜かれた日々……それらを昔語りにせぬために、いかに強いられたとはいえ侵略の兵であったことを忘れないこと——渡部の思いは深く、つよい。

生命賭け捕虜虐殺を拒みしがいそのかみ旧《ふ》りしこととなし得ず

南溟に黄土に死にしは運命《さだめ》かや責任《せめ》負わぬ将のぬくぬくといる

年旧るも戦争《いくさ》の責任は否まずに追うべき在り処踏みてゆかまし

自らの理《わり》にて大臣《おとど》も天皇《すめらぎ》も裁きたかりき叶わざりけり
新旧の憲法《のり》にうたえる天皇《すめらぎ》の意の異なるに呼び名変わらず
強いられし傷み残れど侵略をなしたる民族《たみ》のひとりぞわれは

紹介した歌中「いそのかみ旧《ふ》りしこと」の「いそのかみ」は「旧、古」にかかる枕詞。「古いこと」の意だが、註として「この一首は、高名なる歌人から『生命賭け捕虜虐殺を拒みたるあの日思えば遠世の如し』と添削された。しかし気持ちの上で納得がゆかず、旧のままとした」とある。先に身の程もわきまえずに歌の技巧、巧拙のことをのべたが、渡部と高名な歌人の二首を並べて、やはり同じことを思う。歌は素人目にも後者のものがなめらかである。しかし、「旧りしこととなし得ず」と「遠世の如し」とでは、作者の立ち位置がまるで違う。前者は前を向き、くり返さぬ、くり返させぬ決然とした意志があるが、後者はふり返って懐旧のものにしようとしている。

「高名な歌人」は、歌の直接性を嫌ったのだろう。ぎらつくようにも思える強さを避けようとしたのかもしれない。歌が歌として万人の口の端にものぼるようになるには、「捕虜虐殺」

などという衝撃的な言葉は、そういうこともあったな、と歴史の一些事にした方がよいと考えたのだろう。厄介なことに、歌の読み手にも鑑賞者にも、心底にそういうものを避けたいという何とはない気分がある。この歌に限らず、あちらこちらで聞く話である。そしてそういうときに、短歌らしさを、文学的に、芸術とは……などの言葉が楯にされる。

私は、渡部が歌人になったのは「高名な歌人」の添削に従うのを潔しとせず、わが意をそのまま伝え、あなたはどう読むか、どう考えるかと読者に提示した瞬間にあったのだと思う。

捕虜虐殺も、それを拒んだことも、かつてのあの日あのときのことにしてはならないし、「遠世の如し」にはならないことなのである。あえて言葉をかざねれば、歌の技巧は大切なことであるとしても、それは、より本質、真実を掬い引っ張り出してくるためのものでなければならないと思う。「高名な歌人」、あるいはそれは、「遠世の如し」にしたいと思っている世間知という無言・無音の空気であるかもしれないが、それは多く真実と距離を置いたところで傍観するのである。人生をとりまいているように見せながら、人が人生をそれらしく生きようとすると邪魔だてをするのである。

歌も、文学も、芸術も、たとえ世間受けしなくても、これとたたかわなくてはいけない。渡部が歌人になったのは、もしかすると、そのためかもしれない。

殺したが、一生それを背負って生きようとした兵もいる。武田泰淳が「審判」でその青年をえがいた。

敗戦直後の上海に青年はいた。語り手の「私」は、武田の中国小説ではなじみ深い「杉」を名乗っているので、あるいは武田の体験に材を得ているのかもしれない。国際都市・上海で敗戦を迎えた「私」は、いまや、「あまりにもハッキリと、世界における自分の位置、立場を見せつけられ、空おそろしくなるばかりであった。この上海はつまり世界であり、この世界の審判の風に吹きさらされ、敗戦せる東方の一国の人民が、醜い姿を消しやらずジッとしている。そのみじめさ。私には懺悔《ざんげ》とか、贖罪《しょくざい》とかいう、積極的な意志は動かなかった。ただ、滅亡せるユダヤの民、罪悪の重荷を負う白系ロシア人、それら亡国の民の運命が今や自分の運命になったのだという激しい感情に日夜つつまれていた」。

友人には、外国籍をとって上海に残るという者がおり、杉なら中国人になれる、といってくれる者もいた。その気にはとてもなれなかったが、いずれにせよ、日本人を廃業すると言う会話が平気で通用するところに、底抜けの自由と、底抜けの不安を感じていた。

青年は、老教師の息子だった。学業を中途でやめて応召したが、老人が自慢するだけあって、背の高い、物腰の落ち着いた、大人びた、立派すぎるくらいの青年だった。婚約者も上海にいた。「私」と気があったのか、よく話をするようになったが、青年は無感動で、「自分の上に下される裁きの問題」をしばしば口にした。二人で教会に行ったとき、老牧師がイエスを信じるかと問うが、「私」が聴衆にならって手をあげたのに対して、青年は手をあげなかった。ほかのことを考えていた、と彼は答えた。

年が明けて二月、「私」は青年から婚約を解消したと聞かされる。父親からは、次の船で帰国すると告げられる。青年から聞かされていなかったことに不審の念を抱くが、それからほどなくして青年から手紙が届く。

手紙は、自分は帰国しないことに決めた、と書き出されていた。

「法律の力も神の裁きもまったく通用しない場所、ただただ暴力だけが支配する場所です。やりたいだけのことをやらかし、責任は何もありません。この場所では自分がその気になりさえすれば、殺人という普通ならそばへもよれない行為が、すぐ行われてしまうのです」

青年は戦争、戦場をこのように表現し、二回の自分の殺人行為を吐露する。

初めは二人の農夫だった。二十名ばかりの分隊で町外れに出たとき、小さな紙製の日の丸の旗を持った農夫がスタスタと歩いてきた。彼らは、これまで働いていた部隊長の証明書を持っていた。よく自分の部隊で働いてくれた善良な農夫だ、もとの村へ帰してやるところであるから途中の日本部隊は保護されたい、と分隊長は読みあげ、通過してよいと申し渡した。

二人が歩き出すと、分隊長はニヤリと笑い、「やっちまおう」とささやいた。「おりしけ！」と命令が出たのはすぐだった。青年は銃口をそらそうか、射《う》たないでおこうかとも考えるが、次の瞬間、突然「人を殺すことがなぜいけないのか」という恐ろしい思想がサッと頭脳をかすめる。それが消えると、もう人情も道徳も何もない、真空状態のような、鉛のように無神経なものが残った。命令の声、数発つづく銃声、一人は棒を倒すように倒れ、もう一人は片膝ついて倒れる。ヒェーッという悲鳴、振り向く顔が悲しげにゆがむ。そして、まだ生きて手足をぴくぴくさせる農夫になお二、三発とどめが発射される。

青年は、たしかに射った。兵士の四、五人は発射しないか、発射してもわざと的を外したようだが、青年が射ったと言うと意外な顔をした。しかし、このときの殺人はその後の、集団ではない自分一人の殺人によって印象は薄れてしまっていた。

青年の隊が見わたすかぎりの麦畑地帯に点在する小さな村に残されたときだった。ある日、兵站本部の伍長と四、五名の兵とともにかなり離れた隣の部落へ行った。そこは前日、密偵の潜入を防ぐために焼き払った所だった。乾燥しきった畑から大根らしいものをあさったあとだった。焼けずに残っていた実にみすぼらしい小屋の前に白髪の老夫婦が地面にしゃがみ込んでいた。老夫は盲目、老婦は聾だった。

「どうせ死んじまうのかな」私は銃を握りしめながら考えました。「きっとこのままじゃ餓死するだろうな。もうこうなったら、いっそひと思いに死んだ方がましだろうに」私は老夫婦を救い出す気は起りませんでした。ただ二人はこのままもう死を待つばかりだろうと漠然と感じました。いつか私を見舞った真空状態、鉛のように無神経な状態が私にまた起りました。「殺そうか」フト何かが私にささやきました。

……（略）……

私は立ち射ちの姿勢をとりました。老夫の方の頭をねらいました。二人は声一つたてません。身動きもしません。ひきがねの冷たさが指にふれました。私はこれを引きしぼるかどうかが、私の心のはずみ一つにかかっていることを知りました。止めてしまえば何事も起らないのです。ひきがねを引けば私はもとの私でなくなるのです。その間に、無理をするという決意が働くだけ、それできまるのです。もとの私でなくなってみること、それが私を誘いました。発射すると老夫はピクリと首を動かし、すぐ頭をガクリと垂れました。老婦はやはりピクッと肩と顔を動かしたきりでした。

青年はその後、敗戦まで一年半ばかり、何度も死にそうな目に遭いながらもこの殺人行為を思い出すことはなかった。戦争が終わり、戦争裁判の記事が毎日のように出ても、平然としていた。一回は集団に与して命令を受けたものであり、もう一回は目撃していた伍長は戦病死していて誰も証言者がいないので、発覚することがないと思っていた。地球上であの殺人行為を知っているのは自分一人であり、この行為から犯罪事件を構成する唯一の条件は自分が生きているということだけで、問題は自分のなかにだけある、と考えていた。

二年近く離れていた恋人と再会し、恋情は燃えさかっていた。ある日、こんなに愛し合って、一緒に暮らすようになり、やがて老人になる……と考えたとき突然、あの老夫婦を思い出す。彼らもまた、愛しあって結婚したのかもしれない、ことによると、あの燃え落ちくすぶる村の片隅で地面にへばりついて寄り添っているときにも、二人は愛しあっていたのかもしれない、それにひき換え自分たちは……と思った。自分たちもあの老夫婦のようになるのではないかという気持ちにギュッとつかまれる。

それからしばらくして、青年は自分が何をやったかを彼女に話す。

どうしてあなたがそんなことをしたのか、信じられない、と言う彼女に青年は言う。

「僕だって今考えると、なぜ自分があんなことをしなきゃならなかったかわからないよ。しかし事実はあくまで事実なんだからな。それにね、これは想像だよ、想像だけれどね、一度あったことは、二度ないと言えないんだからね。今でこそ後悔している。二度としまいと思っている。しかしそれは法律の裁きもあり、罰の存在する社会にいるからのことでね。また同じような状態に置かれたとき、僕がそれをやらないとは保証できないんだからね」

青年は、これでも僕を愛してくれるか？　と問い、「愛しますわ」という答えをもらって円満に解決するつもりだったが、惑乱する彼女を見てそれが不可能であることを知る。青年は彼女の気持ちを忖度する。犯罪者の妻になろうとしている恐るべき事実と、それでも彼を愛そうとする葛藤の日々……、真情とともに技巧が、恋の代わりに忍耐が彼女を支える。青年もまた、そのように彼女に犠牲を強い、同時に、自分の裁判官であるとともに弁護士でもあるような妻と暮らす苦痛……を思う。青年は、恋人と別れ中国に残って一人暮らす道を選ぶ。青年には、恋人を失った悲しみとともに、自分があえてそれをしたという痛烈な自覚があり、今までにない明確な罪の自覚が生まれていた。たえずこびりつく罪の自覚だけが救いなのだと思い始めていた。青年は、事情を聞いて訪ねてきた彼女の父親に話す。

…（略）…日本へ帰り、また昔ながらの毎日を送りむかえしていれば、再び私は自分の自覚を失ってしまうでしょう。海一つの距離ばかりではありません。自覚をなくさせる日常生活がそこに待ち受けているからです。私は自分の犯罪の場所にとどまり、私の殺した老人の同胞の顔を見ながら暮したい。それはともすれば鈍りがちな自覚を時々刻々めざますに役立つでしょうから。裁きは一回だけではありますまい。何回でも、たえずあるでしょう。しかもひとはそれに気づきません。裁きの場所にひき出される時だけ、それにおどろくのです。私はこれから自分の裁きの場所をうろつくことにします。こんなことをしたからとて、罪のつぐないになるとは私は考えていません。しかし私はそうせずにはいられません。贖罪の心は薄くても、私は自分なりにわが裁きを見とどけたい心は強いのです。

自分の罪悪の証拠を毎日つきつけられている生活、それも一つの生活にはちがいありません。そして結局どうなるかわかりません。しかし私のような考えで中国にとどまる日本人が一人ぐらい居てもよいではありませんか。

「審判」は敗戦後一年半ほどのちに『批評』（一九四七年四月、第六〇号）に発表された。それから七十年近くを経てこれを読むとき、私は、青年の思いが杞憂ではなかったことに心が重くなる。「海一つの距離」によって、きらびやかな「自覚をなくさせる日常」が展開されるなかで、侵略戦争は否定され、南京虐殺は「まぼろし」になり、あまつさえ、再び戦争のできる国になろうとしている。なぜこうなってしまうのか。

青年の「私」は、個々人の「私」であるとともに日本という「国」をも象徴している。であるならば、武田泰淳がこの国に託そうとした思い――罪を自覚し、その上でどこまでもこの隣国・隣人と協調して生きていく――は、あのとき、あの場所での、一人の青年の小さな決意などにさせてはならないだろう。審判は、彼とともにまちがいなくこの国に下され、そうである以上現代にもそれは引き継がれていなくてはならないものであろうからである。青年は「私である」、「私の心である」と答えていたいではないか。

四、「後尾収容班」なる殺害部隊

殺したのは「敵」だけではなかった

横浜市港南区の日野公園墓地に隣接して横浜刑務所受刑者合葬墓地区画があり、そこに「南方殉難者の碑」がある。表面に、

太平洋戦争中重要ナ国策ヲ遂行スルタメ図南報告隊トシテトラック諸島モエン島(旧名春島)ニ於ケル構外作業ニ従事シ絶大ナ功績ヲ残シツツ不幸中道ニシテ空襲ノ弾火ニ倒レ或ハ疫病ニ冒サレ異郷ニ散華セルモ南溟ノ地ニ仮葬ノママ故国ニ葬ムルノ術ナカリシガ昭和四十七年十月漸ク遺骨収集団ノ派遣ヲ得テ遺骨ヲ千鳥ケ淵戦没者墓苑ニオサメ ソノ分骨ヲ此ノ地ニ埋ム 祖国ノ繁栄ヲ祈願シツツ孤島ニ殉ゼシ諸霊ノ苦難ヲ偲ビ其ノ冥福ヲ祈念ス

昭和四十八年十月六日 横浜刑務所長 倉見慶記

とあり、裏面には、

昭和十七年七月ヨリ昭和二十年十月マデノ現地死亡者四百四十二名ヲ合葬ス

と彫られている。

トラック島の春島で命を落とした受刑者の慰霊碑である。現地死亡者四百四十二名とあるが、生き残った一人である窪田精が書き表したものでは、一九四四年四月の空襲で本土との航行が絶たれたときにいた五百四十九名が、八月と十月に合計百十名ほど現地釈放されて（すぐに軍夫に編入されて夏島、水曜島へ渡った）、十月末には四百三十二名になり、それが、敗戦時には七十四名になってしまっていたという。同じ間に、看守たち職員は九十六名が九十三名になっただけだった。一人は空襲によって、他の二人は栄養失調からのアメーバー赤痢によってだった。

死去した受刑者のうち空襲による犠牲は一人、半数は栄養失調つまり餓死、残る半数は、「芋泥棒とか逃走罪とか、勝手な罪名をくっつけて、法でしばられている無抵抗な受刑者を、つぎつぎと撲殺していった」（『流人島にて』）と窪田はえがいている。

窪田は一九二一年生まれ（二〇〇四年没）、戦時中、仕組まれた事件による傷害罪と治安警察法違反で投獄され、戦争末期にいわゆる「囚人部隊」としてトラック島に送られ、前述した惨劇を体験することになった。窪田はしばしば、生きて帰ったとき、あの島のことを一生かけて書かねばならないと思った、これを書くために作家になった、と語ったが、帰国して半年後にはルポルタージュ「南海の死刑執行人」（『民衆の旗』、四六年七月）を発表し、以後、小説としては「青衣兵隊」（五二年）、「トラック島日記」（五八年）、「トラック島の会」（五九年）、「春島物語」（六七年、のち『トラック島日誌』と改題して八三年に新装出版）、「死者たちの島」（七四年）、「流人島にて」（九一年）、記録としても「トラック島戦記」（七五年）を著している。「狂った時間」で一九五七年下期の芥川賞候補にもなり、日本民主主義文学同盟（現・日本民主主義文学会）の創立に参加、事務局長、議長をつとめた。

ところで、横浜刑務所敷地（港南区）にも「赤誠隊及図南報国隊殉職者碑銘」がある。

太平洋戦争がまもなく開始されるという一九三九年、海軍省が南洋諸島での飛行基地建設に受刑者の派遣を要請し、これに応えて、日本の行刑史上初めて、マーシャル諸島の小島ウオッゼ島とマリアナ諸島のテニアン島に受刑者が派遣された。海軍は、その前年に北海道美幌の海軍飛行場建設に受刑者を動員したことに味を占めてのことだった。「赤誠隊」はこのときに名づけられたもので、日本からの定期船も立ち寄らない周囲八キロメートルの絶海の孤島ウオッゼ島は、島全体が刑務所のようであり、テニアン島は日本人も多く住んでいたというものの野菜ができずにビタミンC欠乏、アメーバー赤痢、蚊によるデング熱などの病気に悩まされた。もちろん、のちにここから原爆投下機が飛び立つなど夢にも思わなかった。しかし、それ以上の悲劇が、「図南報国隊」として派遣されたトラック島で起きるのである。

「殉難碑」であるか「慰霊碑」であるかは、建立者の立場からやむを得ない事情が絡むこともあるが、横浜刑務所の場合、石碑の裏側に刻まれているのが看守・職員十一名の名前だけであることは、その議論を不要にしている。受刑者について一顧だにしていないところに、この「派遣」の性格——戦前の監獄法においても、刑罰は国内の懲役監（刑務所）で執行するとなっており、さらに受刑者に苦役を課す不法なものであること——を語っている。しかもこの石碑、割れたものを修復している。敗戦後、「戦争協力の責任を問われる可能性のある文書、証拠の物品」の一つとして連合軍の進駐を配慮し、砕いて地中深く埋め、それを東京オリンピックがあった一九六四年六月に掘り起こし、復元したのだという。冒頭に紹介した殉難碑がこれへの抗議であることは想像に難くない。建立者も政府ではなく教誨師会である。

窪田精は『流人島にて』の「あとがき」で、戦後公刊された法務省や防衛庁（省）関係の多くの文書、刊行物にトラック島の受刑者部隊のことはほとんど書かれていない、と指摘している。一九六六年に法務省の外郭団体が出した『戦時行刑実録』という広辞苑ほどの厚い本にも、ウオッゼ島やテニアン島のこと、敗戦末期に何千人という受刑者が国内各地の造船所に出役させられた「造船部隊」のことなどは書かれていても、トラック島のことは編成時（出発時）のことがわずかに出ているだけで、「あの島での受刑者部隊の最後の二年間の記録は、資料が無いという理由のもとに、殆ど省略され、闇に葬られているかの感がある」と記している。

窪田は、戦時中、全国に五十近くあった刑務所を統轄した司法省行政局長官だった正木亮が、著書『獄窓の中の人権』で「図南報国隊の悲劇」と書き、戦時下とはいえ日本の行刑を「明治中期にあった北海道の鉱山労働時代に逆戻りさせてしまった」、「この悲劇を繰り返してはならぬ」と、暗に事実と非を認める発言をしていることを紹介し、トラック島で何があったか、そのいわば「正史」を書くつもりだと、「流人島」にかけた思いをのべている。

南洋諸島への受刑者派遣が不法であったことはもちろんだが、トラック島への派遣はさらに輪をかけてひどいものだった。受刑者部隊は、当初こそ選定基準、たとえば懲役受刑者で残刑が一年半以上ある者とか、体格総評乙以上、身体頑健……などの条件に合致する希望者というものがあった。同時に、現在の刑執行中二年以内に減食以上の懲罰に処されたもの、傷害や殺人罪、思想犯、その他「罪質煽動的犯罪の傾向あるもの」は除外せよとも指示されていた。ところが、ウオッゼ島やテニアン島の飛行場が完成するころには選定基準など有名無実となり、現地の労働の酷さが洩れ伝わると、希望する者など皆無になった。

各地の刑務所は、本省からの割り当てをこなすために、過去の懲罰歴を無視し、その刑務所に置きたくない受刑者を意識的に送り出すようになった。要するに、島流しの傾向が強まったのである。東京の府中はじめ全国四十ほどの刑務所から横浜刑務所に集められてきたそれらの受刑者は、最も多い一般刑務者——前科五犯、六犯の累犯者多数をふくむ窃盗犯や強盗犯のほか、傷害や殺人、戦時下の経済犯、陸・海軍刑法違反の軍刑犯、さらに治安維持法違反の思想犯までが混じっていた。

彼らは、正式には図南報国隊と呼ばれたが、現地では海軍第四艦隊施設部の指揮下に入り、軍隊組織と同様に編成して海軍設部隊武子《たけし》(「流人島にて」では「武司」とされている)部隊と名乗った。部隊長が武子喜久治という典獄だったからである。部隊は五個中隊に編成され、各中隊長には看守長、小隊長には看守部長、分隊長には看守があてられた。受刑者は〝兵隊〟と呼ばれ、青い木綿のシャツに股引という囚衣に、同じ色の戦闘帽、ゲートルに地下足袋という姿で、島の人たちからは青隊と呼ばれた。

「流人島にて」に登場する浅井幸造は二十九歳、物語の主人公・野川純平の四歳年上だった。福岡刑務所から送られてきた軍刑犯で、徴兵忌避逃亡失踪罪で懲役四年刑を三年ほどつとめていた。三中隊の現場に出され、島北端の陸上基地の滑走路の修復作業に出役していたが、以前は六十何キロかあった体は痩せに痩せ、三十数キロになっていた。彼は、自分のこともあったろうが、同じ班の受刑者たちが栄養失調で次々と死んでいくのを見かね、甘藷の増配を中隊長に直訴した。

受刑者部隊は軍隊組織とまるっきり同じである。「チョウエキのくせに」と、中隊長命令で懲罰に付され、中隊本部の庭のパンの木に裸にされて吊り下げられた。ところが、夜明け近く、その縄を切って逃がした受刑者がいた。二人は、花島という離島に逃げた。が、むなしく見つかってしまった。

「こやつらの縄をとけ……」

中隊長が、看守たちに命じた。

看守たちが、ばらばらと前に出て、浅井幸造と川見祐一をがんじがらめにしている捕縄をといて、中隊長の前に、膝を折って座らせようとした。ここにくるまでに、逮捕された花島の現場や戒護本部で、すでに木刀で百叩き、二百叩きの目にあわされている二人は、身につけている囚衣もぼろぼろに破れて、頭も顔も血まみれだった。座れ——といわれても、すぐに横に倒れそうになるのを、まわりから看守たちが支えるようにしていた。

その二人の顔を、中隊長の植畑看守長は、じろっとみた。

「お前らは、逃走した……逃走したら、どういうことになるか、よう分かっておるな……」

押さえつけるような声でいった。

二人とももう半死半生で、答えるようなちからはなかった。

「よーし。お前らは殺してやる……」

その中隊長の声で、あたりがシーンとなった。

中隊長が右手をさし出すと、一人の看守が慌てて、ツルッパシの柄を一本とって手渡した。みんなの目がいっせいに、中隊長の手元に集中した。

三中隊長の植畑看守長は、受刑者をただの一撃で殴り殺す――その名人だといわれ、部隊じゅうの看守たちから恐れられていた。

植畑看守長は、無言のまま椅子から立ちあがると、ぷっと手につばをくれ、素足に地下足袋をはいているその片足で、ぽんと浅井幸造の胸元を蹴った。慣れた調子である。たわいもなく仰向けに引っくり返る浅井幸造の喉元に、ただ一撃だった。

がきッ――という、あごの骨の砕ける音がした。

暗い椰子の木の陰から、看病夫の五木田といっしょにそれをみていた純平は、自分の胸のなかで、ぎゃあッ――という、浅井幸造の断末魔の声を聞いたように思った。

つづいて純平は、仰向けに倒れたままの浅井幸造の口から、かなりの量の真っ黒いどろっとしたものが、どくどくと、地面に流れ出るのをみた。

「こんどは、お前の番じゃ……」

植畑看守長は、放心したようにそこに座り込んでいるもう一人の男――川見祐一の胸元を蹴りあげ、さっきとまったく同じ姿勢で、ツルッパシの柄を振りあげた。

このようにされた受刑者の累計が先に紹介した数字となった。窪田が最初に発表したルポ「南海の死刑執行人」は「司法省図南報国隊員の手記」と副題され、掲載した『民衆の旗』(日本民主主義文化連盟の機関誌)編集局がわざわざ「これは決して、猟奇的な物語ではない。ふだんでも『この世の生き地獄』といはれる刑務所の囚人生活が、戦争の下にどんなに悲惨なものとなったかを知らせてくれた驚くべき通信」とあとがきした。ルポは、「撲殺された仲間だけでも百数十人以上ゐた」と、死んでいった友人たちの名前をつぎつぎに挙げるとともに、それを実行した看守長、典獄(刑務所長)、行政局の書記官、看守らの名前を挙げて告発した。

窪田たちは敗戦後、南方から横浜刑務所に帰ると、現地の実情についての事情聴取を団結して要求し、その結果、五十数名の意見がノートされた。窪田たちはそれ以上のことをあえて求めず、看守や看守長らに現地のことを絶対に口外しないと誓約させ、自分たちもまたそれぞれ故郷へと帰っていった。

窪田はその顚末まで記し、「以上私の述べてきた事実の真偽は、菊楽典獄、瀧澤典獄、行政局の小川書記官、帰還された看守、看守長自身がいちばんよくご存じの筈である」とルポを結んだ。最後にまた固有名をあげるところに、窪田のかえすがえすも口惜しい、告発してもしたりない、憤怒の大きさがうかがえる。

ふり返ってみると、日本の戦後にもっとも欠けていたのは、この怒りではなかったろうか。まったく理不尽な、戦争にかこつけても許すことの出来ない、にもかかわらず、あきらめと悲しみ、やりきれなさと絶望に包んでしまわなければ何ともならない爆発しそうな怒り、しかも、殺される側のものである、それである。窪田の場合は、殺されていったのが受刑者仲間の誰それというだけでなく、それはまちがいなく明日の自分であった。あと三日、いや一日、敗戦が延びていればまちがいなく殺されていた、それが一〇〇パーセント想像できるからこそ、人を人とも思わぬ、「犬殺し」のような残虐を絶対に許すことができなかった。

しかしこの怒りは、自分の身の上への想像だけでなく、同じように、銃や銃剣、またツルッパシの柄を突きつけられた中国、朝鮮、台湾、フィリピン、ベトナム、ビルマなどアジア諸国の人々へもひろがって想像されなくてはいけなかった。人間の行為としてそれを強いたものを、そしてそれにしたがってしまったものを、明日の生のために真摯に怒り、省みることが求められた。しかし、人々はそのようには怒らなかった。命を長らえた安堵から明日へと踏み出した。長い戦争の時代だったし、多くの死を近親に持っていたからやむを得ないともいえた。しかし、省みて全重量かけた怒りのないそれは、強靭であるはずの戦後のだいじな足場をどこか緩いものにしてきたようにも思われる。

富士正晴が主宰した「VIKING」同人に、有光利平という諧謔に富んだ文体で大阪人の人情などをえがく作家がいる。『養父伝』(編集工房ノア)に収録された「瘋癲の記」もその一つだが、主人公の浜塚義美はすでに現役を退き、起業した会社を息子に譲り、財産をめぐって争いはあるものの悠々自適の生活を送っている。スポーツジムで体を鍛え、夜ともなれば目当てのホステスのいる店をハシゴする。時代は小渕内閣の二十世紀末、「国旗国歌、通信傍受、ガイドラインなど歴代内閣がなしえなかったことを数の力で押し通した」ことを苦々しく思っている。「日の丸君が代に罪はないというが、虫けらのように扱われた浜塚義美にとっては忌まわしい戦争の象徴なのである」。

その夜も、行く先々で歌われる軍歌の試練に耐え、送られて家路についたが、今度は悪夢に見舞われる。

義美はインド奥地から始まった熱帯雨林のなかを彷徨していた。原隊追求《ママ》は至上命令である。生きて虜囚《りょしゅう》の辱めを受けてはならぬ浜塚義美は自決を強要されるか、原隊に復帰しなければならない。髪も髭も伸び放題、艶のない土色の顔、それが遊兵となった浜塚義美であった。

そこがどこだか判らない。西も東も判らない。生気のない虚ろな目には判別がつかないのだ。灼熱瘴癘《しょうれい》のビルマの奥地を浜塚義美は敵中潜行していた。極度の栄養失調、アメーバ赤痢、それに悪性マラリアにも罹っていた。縦百六十キロ横数十キロのフーコンの谷地は死の谷の名にふさわしい。

山越えは難行軍であった。山系に分け入り密林のなかは吸血山蛭にとりつかれる。取っても取っても襲いかかる。土蜂にも襲われた。絶え間ない血便、下痢、便意だけで出るものもない。人には尻を拭く習性があり草葉をむしり尻を拭く。その草葉は毒草であり尻は腫れ腐る。食うものもない飢餓街道をどうして見分けるのか。それは死屍累々の白骨街道であり行き倒れた遊兵であった。

撤収転進と聞こえはよいが、前に進むしか道はないのだ。後尾収容班、落伍者捜索隊の古参兵がやってきて、歩けないものは死ぬべし、生きて虜囚の辱めを受けるなと、自決を強要し、あるいは処理した。奴らは手首を切り落とし遺骨の材料をつくるのである。称して遺骨奉焼というそうな。いずれ戦病死あつかいされてクニに帰れば、その方がましか。

とにかく歩け、前に進むのだ。若い浜塚義美は熱帯雨林の泥濘《ぬかるみ》の中を、とにかく歩き続けた。ジビュ山系であろうか、原隊追求《ママ》の手がかりを得た思いをした頃、木に寄りかかった遊兵を見た。まだ生きていた。疲労の極にある義美は助けるわけにはいかない。その遊兵も助けを期待しているのではなかった。ただ目が合ったが、遊兵の命数は数時間も無いように思えた。行き過ぎてちらとふりかえると、遊兵は側にある背嚢を指で指し示した。何かしてくれというシグナルであろう。

背嚢の中からは、使われることのなかった衛生サックがでてきた。一つのサックの中には一握りの米と、もう一つのサックには湿気予防に二重にしてタバコとマッチが収められていた。米を取り出すと、死にかけの遊兵にはすでに食べる力がなかった。持って行けと指で呉れる仕草をした。タバコだけは試飲する素振りをみせた。義美は火をつけて遊兵に銜えさせた。

落日の太陽は宵闇の中に消えていた。久しぶりの生米を噛りながら泥まみれの軍衣を引きずり脚気のむくみと戦い義美の足は一歩一歩遊兵から遠ざかっていった。小便は垂れ流しである。股間を潤す仄かな温みが生きている証だ。体が動かなくなるということは存在価値の喪失につながるのだ。振り返るとタバコの火が鬼火のように明滅していた。しかし遊兵の姿は闇に没してみえない。やがて鬼火も消えた。

フーコン戦線は、連合国軍による本格的反攻の始まりだった。古山高麗雄が「断作戦」「龍陵会戦」につづいて「フーコン戦記」（戦争三部作）で著している。

フーコン河谷は、ビルマ北部、中国国境近くからインド国境に達する、小説とは少し数字が違うが、東西三十から七十キロ、南北二百キロの大ジャングル地帯である。ここを第一八師団、通称菊兵団が守備していた。といっても、幾つか要衝の村に部隊を分散して配置していたに過ぎない。ビルマ方面軍はインパール作戦に没頭しており、インパールの勝利まで持久せよと任務を課していた。皇室の紋章をとって名づけられた菊兵団は国軍最強を誇っていたが、そのことが逆に禍し、一九四三年十月からの連合国軍の猛攻を受け、夥しい犠牲を生むことになった。スティルウェルの指揮する新編中国軍と交戦するが、アメリカ軍に支援された新編中国軍に包囲されたため補給が途絶え、栄養失調とマラリアによって三千人を越える戦病死者を出した。中国軍は日本軍にはじめて勝利し、狂喜したともいわれる。

作者の有光は一九三五年生まれであるから、もちろん戦場の体験はない。小説は取材によるものだろうが、この作品が注目されるのは、引用したなかにある「後尾収容班」である。「撤収転進と聞こえはよいが、前に進むしか道はないのだ。後尾収容班、落伍者捜索隊の古参兵がやってきて、歩けないものは死ぬべし、生きて虜囚の辱めを受けるなと、自決を強要し、あるいは処理した」とあるが、小説作品に「後尾収容班」が書かれたのは、おそらくこれくらいしかないのではないだろうか。

「後尾収容班」とは、名前の通りだとすれば、撤退する部隊の最後尾で、そこには多く傷病兵がおり、落伍しかける彼らを叱咤激励し、ときには肩も貸すかのように思えるが、そうではなかった。前出の山田朗『兵士たちの戦場』によると、インパール作戦中のことである。一九四四年五月末、インパールへの補給路の要衝であるコヒマを占領していた第三一師団（烈兵団）は、補給を受けられないことを理由に撤退を開始し、それを契機に他の部隊も戦線を持ちこたえられず、日本軍は総退却することになった。第三一師団の山岳輸送隊は、烈兵団が総退却に移ると最前線から後退してきた重傷者の担架輸送にもあたることになった。ところが、戦闘部隊につぎつぎ追い越され、傷病者と輸送隊が追撃してくる英印軍の矢面に立たされることになった。

輸送隊員も長期の過酷な任務と飢餓、衰弱で落伍者が相次いだことから、中隊長は輸送隊と傷病兵の共倒れを防ぐとして担送を中止し、「動けなくなった者は自決せよ」と命令した。しかし、命令だからといってそう簡単に自決するものではない。そこで設けられたのが「後尾収容班」という名の殺害部隊である。「後尾収容班」が設けられたとたんに、「自決」者が急増した。動けなくなった兵に自決を強要し、拒否すると射殺、また、注射で毒殺した。

インパール作戦は、補給を無視した無謀な作戦で死者の多くが餓死だったといわれるが、投入兵力約八万六千人のうち撤退作戦をふくめて七万四千人の死者を出し、四四年七月十日、作戦中止が命令された。フーコン河谷から脱出できた兵は、ある大隊では六百名のうち三十名、同じ頃、古山がえがいた「断作戦」の舞台である拉孟、騰越、「龍陵会戦」の龍陵の守備隊は、中国・アメリカの雲南遠征軍の重囲に遭い、全滅した。大陸で「玉砕」しためずらしいケースとして知られる。

作中にもある「生きて虜囚《りょしゅう》の辱《はずかしめ》を受けず、死して罪禍《ざいか》の汚名を残すこと勿《なか》れ」は、「戦陣訓」の一部である。戦後、日本軍の「玉砕」やバンザイ突撃など、人命軽視を批判する意図から映画や小説などで多用されることになった。一九四一年一月の陸軍始の観兵式において、陸訓第一号として東條英機が全軍に示達した。陸軍省は『軍隊手牒』と同サイズの『戦陣訓』を作製し、翌四二年からは軍隊手帖に印刷して浸透を図った。「国民の心とすべき」と民間人にも実践を求めたといわれている。

軍隊内では、毎朝奉読した部隊があり、暗記するほどの兵もあった一方、軍人勅諭ほど重視されてはいなかった、海軍は無視していた、などの声もある。「蛍の河」で直木賞を受賞し、「静かなノモンハン」など戦場小説を多く書いた伊藤桂一は、一九三八年に召集され北支に派遣されたのち四一年に除隊、四三年に再度召集され上海で敗戦を迎えているが、「戦陣訓」を「きわめて内容空疎、概念的で、しかも悪文である。自分は高みの見物をしていて、戦っている者をより以上戦わせてやろうとする意識だけが根幹にあり、それまで十年、あるいはそれ以上、辛酸と出血を重ねてきた兵隊への正しい評価も同情も片末もない。同情までは不要として、理解がない」と、一読したあと「腹が立ったので、これをこなごなに破り、足で踏みつけた」（『兵隊たちの陸軍史』）とのべている。

伊藤が「戦陣訓」を受け取ったのは一九四三年、戦争の帰趨は見え、再召集を受けてのときだから、兵士全般がそうだったとは言いきれないだろうが、こなごなに破って足で踏みつけても咎められたとは書いていないので、伊藤の行為に同調する空気があったことはたしかだろう。だが敗走につぐ敗走の最前線で、「戦陣訓」を楯に、捕虜になるな、させるな、なるくらいなら死ね、殺せ、と命令された方はたまったものではない。まして、それ用の部隊

（班）を編成するなど、とても正気のなせることではない、と言いたいが、狂った人間の考えることでは決してないところに、暗澹たる思いに囚われる。深い絶望がある。

日本軍が殺したのは、「敵」だけでない。それが、日本の「戦争」だった。

結城昌治の直木賞受賞作「軍旗はためく下に」は、「敵前逃亡・奔敵」「従軍免脱」「司令官忌避」「敵前党与逃亡」「上官殺害」という五編からなっている。アジア・太平洋戦争中の中国からフィリピン、ソロモン諸島にいたる日本軍の戦跡をたどり、敵前逃亡、従軍免脱、上官殺害などの罪で陸軍刑法によって処刑された兵隊たちの、ほんとうのところを追尋する話である。

「司令官忌避」はフィリピン戦線でのことである。一九四四年末、日本軍はすでにサイパン、グァム、テニアンを失い、陸海軍の主力を集めたレイテでも惨敗を喫し、フィリピン防衛を担う第一四方面軍の司令部が置かれたルソン島の中心マニラは、連日の空爆で市街は破壊され尽くしていた。その中を台湾からの輸送船団がマニラを避けて北サンフェルナンドに上陸する。話は、杉沢という甲幹出身の中尉が率いる特設中隊にたいする、藤巻大尉という連隊副官の陰湿な嫌がらせである。

甲幹とは甲種幹部候補生のことで、中等教育以上の学歴がある志願者の中から選抜され、比較的短期間で兵科または各部の将校になる。修業期間中に区分され、下士官になるよう教育を受ける者を乙幹（乙種幹部候補生）と呼んだ。

話を戻すと、台湾からの兵たちは、上陸直後にも爆撃を受けるが、年が明けて早々、沖合にまるで観艦式に集まったみたいに敵艦が百隻以上あつまり、すさまじい艦砲射撃をはじめる。兵たちはてんでんばらばらになるが、杉沢中隊だけはまとまりがよく、戦死者を除いて欠ける者なく行動をともにした。中隊長の人望もあったのだろう。

杉沢は、大隊本部へ連絡を出すが戻って来ず、通りかかった他の部隊に聞くとバギオへ行くというので、這い上るようにして山を越えバギオへ行った。方面軍司令部や大使館員もマニラから移ってきていた。ところが、何をしに来た、北フェルナンドへ戻れと藤巻は怒鳴りつける。無茶だと思うが、上官の命令は天皇の命令、である。仕方なく引き返したが、北フェルナンドは連日の艦砲射撃と空爆でまったく見る影もなくなっていた。杉沢中隊は山あいに陣地を構えるが壕を掘っただけのもの、ろくな装備も食糧もない。食べられそうなものは食い尽くし、終いには軍靴や革帯を三日もかけて煮込んだ。

一か月ほど経って、ふいに大隊から伝令が来てバギオへ転進した。助かると思ったのもつかの間、バギオは以前に行った「松の都」という美しい印象は吹っ飛んでおり、どこもかしこも焼け跡だらけになっていた。山道を一週間、夜行してようやくついた杉沢中隊に、バギオ防衛のためにグリーンロード（マニラから平坦なルソン平野を北上し、急な坂道をバギオに至る十キロの道路）のキャンプ3を死守しろという命令が下った。最前線の守備をロートルの補充兵と丸腰の海没組（最初の上陸のさいに空爆で撃沈、小銃も持たずに上がった）、百六十人であたれというのである。装備は擲弾筒三筒に兵隊が持つ三八式小銃だけ、軽機関銃も無線もない。

それでも、マニラから退却してくる部隊や水を汲みに来る兵隊など、往来があるうちはまだよかった。糧秣の補給もどうにかつづいていたが、それも二月末までだった。マニラの部隊は退路を断たれ、バギオの主力部隊も身動きがとれなくなった。糧秣受領に行った兵は自活しろと追い返された。山地などに配置された小隊は敵の遊撃隊に襲われ、自動小銃を浴び、迫撃砲を撃ち込まれ、逃げまどっては戦死をかさねる。中隊は杉沢の判断でいったん飲み水のある沢へ退避する。部下を死なせたくないと思う当然の判断だった。

ところが、それまで中隊を放ったらしにしていた連隊副官の藤巻がそこへ突然現れ、守備地点を勝手に放棄したと怒鳴り散らし、弁解しようとする杉沢を「きさまはそれでも帝国陸軍の軍人か、恥を知れ、恥を。敵に遭ったらなぜ死ぬまで戦わんのだ。上官の命令をなんと心得ている。ここで腹を切るか、さもなければ軍法会議にかけてやる。きさまのような将校は連隊の名折れだ」と、罵詈雑言を浴びせながら殴り放題に殴った。

杉沢中隊はその後、敵が怖くて逃げた「弱虫中隊」などと呼ばれ、大隊中に噂された。他の中隊が後退しているにもかかわらず、杉沢中隊だけが前線に残された。大隊からの命令が杉沢中隊にだけ来なかったからだ。やがて、重傷者をかかえて野戦病院を訪ねては追い返された数名を残し、中隊は全滅した。

戦後も、杉沢中隊長は軍法会議にかけられ、陸軍刑法第四十二条「司令官敵前ニ於テ其ノ尽スヘキ所ヲ尽サスシテ隊兵ヲ率《ヒキ》ヰ逃避シタルトキハ死刑ニ処ス」によって死刑になったと伝えられていた。藤巻は復員し、呉服屋から衣料品卸問屋の社長になったが、ある日、すれ違いざまに刃物で殺されたと新聞が伝えた。

生き残った兵の一人は、

> 杉沢中隊長は軍法会議にかけられたのではありません。戦死です。戦死というより、一副官の独断かもっと上の奴らの命令か分からないが、とにかくそいつらのために、中隊長だけではなく、百人以上の兵隊が死地に追いやられ、全滅すると分っていながら全滅したんです。杉沢中隊を犠牲にして、果たしてどれほどの大局的な作戦効果があったかは知りません。わたしのような一兵卒は、ただ自分の体験を語る以外にない。杉沢中隊の汚名が残っているとしたら、とんでもない誤解だと言いたいだけです……。

と語った。

藤巻がなぜ杉沢にそのような仕打ちをしたのか、本当のところは分からない。兵らの噂では、甲幹というエリートへの嫉妬、あるいは女に振られた腹いせ、などとえがかれる。大隊の命令も、急ごしらえの特設部隊より子飼いの部隊をかわいがることに拠ったのかもしれない。いずれにせよ、軍隊は階級と年期が顔を利かせたが、同時に俗世以上の俗世だった。しかしそのために、杉沢中隊のような部隊がいとも簡単に死に追いやられた。ガダルカナルでもインパールでも、雲南でもフィリピンでも……、前線から遠く離れれば離れるほど、兵士の命はまったく消耗品だった。

軍人勅諭に「義は山岳よりも重く死は鴻毛よりも軽しと覚悟せよ」とある。「人もとより一死有れども、死は或いは泰山より重く、或いは鴻毛より軽し」という司馬遷の言葉を言い換え、「普段は命を無駄にせず、けれども時には義のため、たとえば天皇のため国のために、命を捨てよ」と命じたものとされる。司馬遷のそれが、人の死は必然だが、その死の意味は山の如く重いこともあれば、鴻毛の如く軽いこともある。だから、意味あるように生きなければならないと諭したものであるに比して、「軍人勅諭」は天皇と国のための「死」に意味を持たせようとした。無意味の死がむやみやたらと強制されることになった。

戦いすんで、それでもなお……

沖縄戦は、アジア・太平洋戦争でも熾烈をきわめた戦闘だった。戦没者は、日本兵（正規兵）が六万五千九百八人、沖縄出身軍人軍属が二万八千二百二十八人、県民の戦闘参加者が五万五千二百四十六人、一般住民三万八千七百五十四人、アメリカ兵一万二千五百二十人といわれている（一九六八年、琉球政府援護課調べ）。「沖縄県出身軍人軍属」には一般兵士・軍属のほか学徒隊・防衛隊・義勇隊などを含み、「戦闘参加者」とは遺族の申請によって戦死が確認された一般住民をいう。「一般住民」となっているのは、一九四四年末の県人口を四十九万人とみて、これから生存者と「戦闘参加者」を差し引いた推定数となっている。つまり、戦死さえ確認できない人たちのことで、沖縄戦の犠牲者は今日なお正確な数字はつかめていない（沖縄戦最大の激戦地、終焉地である摩文仁《まぶに》の「平和の礎」には日米軍民ほか約二十四万人の犠牲者の名が刻まれている)。

沖縄戦は、一般的には一九四五年四月一日の沖縄本島への米軍上陸から、六月二十三日の本島南端の摩文仁で牛島司令官が自決し、日本軍の組織的抵抗が終わりを告げた日とされている。しかし、嶋津与志「沖縄戦――県民の戦争体験」(『ドキュメント太平洋戦争① 海と陸を血に染めて』、一九七五年、汐文社)によれば、少なくとも前年の十・十空襲(十月十日)までさかのぼる必要があるし、年明け早々から空襲がひっきりなしにあり、三月二十四日からは艦砲射撃も加わり、慶良間の島々への上陸作戦を米軍は展開している。沖縄戦の終結も、軍司令官の自決が日本軍の降伏を意味するはずがなく、現に牛島は、各部隊は上級者を指揮官にさいごまで敢闘し「悠久の大義に生べし」と軍命令を残している。八月十五日の敗戦を知らされずに十一、十二月ごろまで山野を逃げ回った者も少なくないという。ちなみに、最終的な沖縄守備軍の降伏調印式が行われたのは九月七日である。

沖縄戦は、本土決戦の準備を整えるための時間稼ぎ、「捨て石」といわれる。フィリピン作戦の失敗を受けた大本営は、一九四四年十二月、「島嶼攻防戦を放棄し、本土決戦の準備に全力を注ぐ」と戦略変更をおこない、「沖縄戦闘は本土戦備のために時間を稼ぐ持久戦である」(『帝国陸海軍作戦計画大綱』、一九四五年一月)と位置づけた。以後、兵力も物資も本土決戦の準備に集中させた。沖縄は県をあげて全島の基地化をはかった。

住民は、飛行場建設や陣地構築などの後方任務に駆り出され、学校、公共施設が兵舎などに提供させられ、食糧なども供出させられた。国民学校（小学校）の生徒も勤労動員にかり出された。

沖縄本島における日本側の兵力は、陸軍八万六千四百人、海軍一万人弱のほか、「防衛隊」と俗称される現地編成の補助兵力が二万人強で合わせて十一万六千四百人である。しかし、このうち現地入営したばかりの初年兵や防衛召集された兵が三万五千人を占め、真の陸戦兵力といえるのは約四万人に過ぎなかったといわれる。日本軍は兵力不足を補うために正規の制度に基づく陸海軍兵士としての動員とともに、それによらない防衛召集として二万五千人を集め、陸海軍部隊や特設警備隊などに配属した。これらの防衛召集兵は在郷軍人会による義勇隊と合わせて「防衛隊」と称された。中学校や女学校に在籍する生徒も防衛召集や「志願」による生徒隊として軍組織に組み込まれた。男子は中学生や師範学校生を中心に鉄血勤皇隊がつくられ、女子は、ひめゆり学徒隊や白梅学徒隊など、各校の徽章などに因んだ隊名を付け、看護見習として各軍病院に入隊し、やがて従軍看護隊として軍と行動をともにした。陸軍中野学校によって国民学校を出たばかりの少年たちを護郷隊を名乗る遊撃隊（ゲリラ要員）に組織したともいわれる。

吉村昭「殉国　陸軍二等兵比嘉真一」の主人公比嘉真一は、県立第一中学校三年生、十四歳である。一九四五年三月二十五日付で、三年生以上の沖縄県下中等学校生徒全員に召集令状が発せられ、比嘉真一は鉄血勤皇隊沖縄県立第一中学校隊の一人として、陸軍二等兵を命じられた。星一つの襟章のついた軍服、軍靴、戦闘帽、飯盒などが支給され、訓練などのいとまもなく部隊に配属された。「鉄の暴風」と称される艦砲射撃と上空からの銃爆撃のあいだを走り回った。

真一は、師範学校の本科生たちが切り込み隊を結成したと聞いて昂奮し、自分も早く銃を撃ちたいと志願するものの許可は出ず、部隊の転進とともに南へ南へ追いやられていく。その行程は本編に譲りたい。ぜひ一読願えればと思う。戦争・戦場がいかに人間の運命を翻弄し、しかしそのなかでもとりわけ沖縄の老人たちが、やさしく真一に接し、その風土と歴史に生きようとしているのかが、的確な描写と文章のリズムで伝えてくれる。

だが、ここで私が考えたいと思ったのは、十四歳の比嘉真一の次のような感懐である。

死からひとり取り残されてしまった悲しみが、胸にあふれた。銃の引き金をひかずに手榴弾を投げることもせず、しかも傷さえ負わない自分にとって、この戦争はいったいなんだったのだろう。自分の体は、ただ戦場をうろついただけで終わってしまった。

真一は摩文仁を脱出し北へ向かった。死体の中を這いつづけ、朝になると、死体の下にもぐり込み目を閉じた。国頭で壮烈な死を遂げることだけを考えた。まどろむ真一は、かすかな物音に目を開ける。目の前を艶々した黒い大きな蟻が蛆を足につかんで引きずっていた。腰のふくらみが逞しく、全身に力感があふれていた。「こいつも生きていたのか」真一は蟻の姿に懐かしさに似たものを感じた。

再び物音がして、真一は米兵に捕らえられる。トラックが一台停まり、髪も髯も伸びた十人ほどの裸体の男たちがいた。捕虜になったのは自分だけではない安堵感とともに、真一は「身の引き裂かれるような屈辱感と羞恥が吹きあげてきた」。

十四歳の少年に、生きていることをこれほど屈辱に思わせる日本の戦争とは、いったい何だったのだろうか。蟻の生きるエネルギーに自分をかさねたのもつかの間、なぜ自分は生きてしまったのかの、堂々めぐりの過去への思考を強いるものとは、何なのか。

この小説は『展望』(筑摩書房) 一九六七年十、十一月号に「殉国」として発表され、同時に単行本として出版された。八二年に新装版として同社から出されたときに「陸軍二等兵比嘉真一」と改題し、八五年に集英社文庫になるとき「殉国――陸軍二等兵比嘉真一」とさらに改題された。作者は「陸軍二等兵比嘉真一」に相当なこだわりがあったらしい。初出時に編集部の意見を取り入れて「殉国」としたものの心に引っかかっていたのだろう。以後、上記のように変えていく。

十四歳の陸軍二等兵は、現代に生きているとして八十五歳。戦後七十年余、「死からひとり取り残されてしまった悲しみ」をかかえつづけたであろうと、私は思う。あるいは、その悲しみのゆえに、理不尽に置かれる沖縄の現状に異議を申し立てつづけているかもしれない。そうあってほしいと私は思う。死者とともに、ひそやかではあっても強靱に生きている島人たちの思いの丈を私たちのものにするとき、私たちもまた、死につながる戦争を拒んでつよく立てるのだと思う。

沖縄にはいまも戦争が影のようにつきまとっているが、それは、日本軍による住民殺害や死の強制、集団死が沖縄の人たちの心を深く傷つけていることにも拠っている。

「集団自決」(住民自らの意志ではないとしてこの言葉を拒否する声が強い)ともいわれる集団死は、伊江村アハシャガマなど約百人、恩納村十一人、読谷村のチビチリガマなど百二十一人以上、沖縄市美里三十三人、うるま市具志川十四人、八重瀬町玉城七人、糸満市カミントウ壕など八十人、座間味島二百三十四人、慶留間島五十三人、渡嘉敷島三百二十九人などが知られている。これだけでも、沖縄戦における住民死者九万四千人の一パーセント強にあたる。

集団死をめぐっては二〇〇五年に、軍の命令や軍の関与を否定する立場から大江健三郎と岩波書店を訴えた「沖縄集団自決」裁判が起こされた。同様の主張を背景に、文部科学省の検定による歴史教科書の記述も修正（二〇〇七年）された。主張の核心は、住民は自ら国に殉ずる「美しい心」で自決したとするもので、これに対して二〇〇七年九月、沖縄は「教科書検定意見撤回を求める県民大会」を十一万を超えるこれまでの最大規模で行い、抗議した。

これを受けて『世界』は「沖縄戦と『集団自決』 何が起きたか、何を伝えるか」と題した臨時増刊号を出した。そのなかに、射花直美（沖縄タイムス）の「証言者が語る『集団自決』」という一文がある。その一部は次のようである。

「軍から命令が出ている」

さまざまな証言がなされる中で、特筆されるのは、「集団自決」の新しい事実を示す証言が、次々と出てきたことだ。秘められていた事実は、教科書検定までにつらなる一連の「『集団自決』に軍命はなかった」とする歴史修正主義者たちの主張を大きく突き崩すものだった。

座間味島出身の宮平春子さん（八〇）と宮村トキ子さん（七五）姉妹は、兄で当時の同村助役兼兵事主任だった宮里盛秀さん（当時三三）が、軍命が出ていると言及していたことを初めて証言した。春子さんらは「あの時のことを思うと、目の前に子どもを抱きしめる兄の姿が浮かび、胸がいっぱいになり辛い。だからいいたくなかった」と胸の内を説明する。

座間味島では、一九四五年三月二十五日夜、照明弾が上がり、山が火事となってあかあかと燃え上がり、米軍上陸は間近だと思わせる状況になっていた。役場の書類を保管していた産業組合の壕を行き来し、忙しく働いていた盛秀さんが、家族の避難壕に突然やって来た。春子さんは、盛秀さんが父親に対して「明日か明後日には、上陸は間違いないから。軍から、自決しなさいと言われているからね。国の命令に従って、あの世に一緒に行きましょう」と話すのを聞いた。父母と別れの水杯を交わした後、盛秀さんは四人の子どもたちを抱きしめて、「今まで、ずっと育ててきたのにね、もう自分の手で、手をかけることはとても苦しいことではあるが、お父さんもついているから一緒だからね、怖がらないでね。お父さんも一緒だからね」と、号泣したという。トキ子さんの目前では、自決することを戸惑う父親に対して、盛秀さんは「お父さん、軍から命令が来ているんです。もういよいよですよ」と、軍命が出ていることを重ねて強調したという。

住民に対する日本軍の命令は、全て兵事主任の盛秀さんを通して伝えられていた。これまでの証言では、盛秀さんが忠魂碑前に集合という伝令を走らせたことは分かっていた。新たな証言は、その前に、軍から「集団自決」の軍命が出ていたことを示している。

盛秀さんと家族四人、村長や収入役など役場職員とその家族らが入った「産業組合の壕」では、合計六十七人もの人が亡くなった。そこは戦後、米軍の占領区域になっていたため、住民が壕へ入ることが出来たのは「集団自決」が起きた二カ月後だった。異臭が充満する場内は戦前に貯蔵していた非常用の穀物袋がそのままで、人々は眠るように亡くなっていた。遺体は肌はふやけ、腐れかかり、損傷が激しかったため、身元確認は着物の柄などで行わざるをえなかったという。この壕の「集団自決」は、殺鼠剤を飲んだとか、銃を用いたとさまざまな説があるが、どのような方法で行われたかは現在まで分かっていない。

軍から直接の命令があったことをふくめ、住民たちの集団死が強いられたものであることは、裁判でも認定されることになった。ここで、住民が壕へ入ることができたのが二か月後だったことに注目したい。住民は、米軍占領とともに強制収容所に入れられたため、壕に入って遺体を収容することも、自分たちの家に帰ることも出来なかったのである。本島では、住民を収容している間にアメリカ軍は日本軍基地を接収し、さらに新たな基地用地を確保した。世界一危険な基地といわれる普天間もその一つだが、住民が帰ってみると役場をはじめ村の中心地は鉄条網で囲まれていた。座間味の住民たちを敗戦後すぐに自宅に帰さなかったのは、それと歩調を合わせていたのである。

嶋津与志は前出論考の中で日本兵による住民虐殺事件について、一九七二年五月に沖教組(沖縄県教職員組合)を中心に結成された「戦争犯罪追求委員会」が、沖縄戦中の日本軍の残虐行為について行った調査にもとづいたものだと述べている。

調査は、六・二三特設授業の教材にすることと同時に、もっとも緊要な目的として、目の前に迫った、施政権返還(同年五月十五日)に伴う自衛隊の配備に備えたものだった。調査結果は『これが日本軍だ』と題する小冊子にまとめられ、沖縄協定反対闘争に立ちあがった県民のあいだに大きな反響を呼んだという。嶋は、短期間の不十分な調査にもかかわらず、十七件、七百八十人以上の犠牲者がほぼ確認できたとして、その主なものを次のように列挙している。

①伊是名島で敗残兵と残置諜者のグループが米兵捕虜三名と住民四名以上を殺害した事件。

②伊江島で住民七名が斬殺された事件。

③久米島の鹿山隊によって住民二〇名が次々と惨殺された事件。

④阿嘉島で住民二名、朝鮮人軍夫一三名を〝処刑〟した事件。

⑤渡嘉敷島の赤松隊によって住民九名が次々と〝処刑〟された事件。

⑥大宜味《おおぎみ》村渡野喜屋の収容所で、山から降りてきた敗残兵によって一挙に約八〇名が手榴弾で殺された事件。

⑦糸満《いとまん》市山城の壕で五人の幼児が毒薬注射で殺された事件。

⑧知念《ちねん》村で村民四名が次々と斬殺された事件。

⑨大宜味村喜如嘉《きじょか》で巡査が銃殺された事件。

⑩浦添《うらぞえ》村城間の壕内で、泣いている子をしめ殺した事件。

嶋は、「以上はほんの一部であり、日本兵が直接殺害したケースだけである。その後の調査によっても次次と新たな事件が浮かびあがり、これらがほんの氷山の一角でしかないことがわかる」とのべている。戦争と軍の本質は、住民の命も財産も、守らないどころか自分たちの都合よく奪い棄てるものである。沖縄とそこに生きる人々が語り、また黙して今に伝えるだいじなことである。

理不尽な死は、戦争が終わってもなおつづいた。

久米島では、六月二十六日に上陸した米軍に郵便局員の安里技手が捕まり、降伏勧告文書が託された。安里技手が久米島に配置されていた電波通信隊に持参したところ、逆に銃殺され、その後、スパイ容疑で住民二十二人が殺害されたという。そのなかには、乳幼児をふくむ一家惨殺もあった（安仁屋政明「皇軍と沖縄」、前出『世界』臨時増刊号）。

沖縄出身の作家・霜多正次に「虜囚の哭」という短編小説がある。

波平昌堅《なみひらしょうけん》という、三人の子どもと妻を熊本に疎開させている国民学校の教員である。現地動員で郷土防衛隊に加わったが、ほかのみんなと同様逃げまどって本島の南端、喜屋武岬に近い海岸でアダンの茂みに隠れている。脳裏に、「お前ら沖縄人は魂が入っとらん！」などと言われてビンタをくらったことなど、日本人になろうとしてもどうにも差別された日々がめぐる。女子師範学校の生徒たちの、自決の話も聞こえてくる。

そこへ、「戦争は終わった」と投降の呼びかけが沖縄人の声で語りかけられてくる。波平は、アメリカの上陸用舟艇が入り江に着くと多くの投降者とともに近寄り、捕虜として収容される。波平は、本島から十数キロ離れた小さなK島に行くが、日本兵は沖縄の住民から区別されて青い捕虜服を着せられ、兵隊だけを集めた本島の屋嘉収容所へと連行された。波平はK島の収容所で、女子師範の生徒で自決しなかった山城和子ら三人と知り合う。

ある日、波平は収容所長のグレース大佐に呼び出される。まだ米軍に帰順しない島民を投降するよう勧告に行ってもらえないかと言われる。

日本軍が一個中隊ぐらい山の洞窟に潜んでいて、別に抵抗する気配もないので放置していたが、本島でも徹底的な掃討作戦が行われているので、並行してこの島でも開始するという。ついては、住民の犠牲を少なくするために投降をすすめてほしいというのだった。

波平は、自分が島の数千人の住民を救うことができれば、それは立派な、やりがいある仕事だと思う。それに、決して危険でも困難でもなかった。収容所の人たちは島民とは接触もしており、波平はだいたいの様子は知っていた。話をすると和子たちも一緒に行くという。

波平たちは、村長や役場吏員、学校長など村の幹部が潜んでいる鍾乳洞の一つを訪ねた。事を分けて話す波平に、村長は、沖縄戦は不幸にして敗れたが、日本軍がやがて反撃してくる場合を考えると、おめおめと手をあげるわけにはいかない……などと話す。武部隊（もともと沖縄守備についていたが、米軍上陸直前に台湾へ転出した第九師団）がもう宮古島に来ているというではないか、などとデマ情報に希望を見つけているのだった。

…（略）…戦争の悲惨さや、敵の戦力の圧倒的な強さをじかに体験しているわけではないから、あるいはそれは無理もないことかもしれぬ、と波平はおもった。それで、彼は戦争の実情をくわしくはなした。本島のほうでは、いまはもう那覇の町は家が一軒もないこと、首里城は城壁も建物も、あのうっそうと茂っていた赤木も、何もかもなくなって、ただのっぺらぼうな丘になっていること、敵は壕にひそんでいる兵隊を入口からガスや火焔放射器で攻めるだけでなく、馬のりになって上から削岩機で穴を開け爆雷で破壊してしまうこと、壕のなかで子どもの泣き声がきこえても、トンボ機がすぐかぎつけて艦砲が飛んでくること、等々を熱心にはなした。

和子たちも、野戦病院の悲惨な状況をはなした。病院の壕にはいりきれずに、入口で雨ざらしになったまま息が絶えていく負傷兵の話や、重傷者には手榴弾をわたし、あばれるものは注射をうって殺し、足に負傷しているものはぬかるみ道を匍って、雨のなかを病院が撤退した話などを、かの女たちは声をふるわせて訴えた。

それらの話は、洞窟内の人びとをだんだん沈黙させていった。波平は、必要なら夜を徹してでもはなしたいとおもっていたが、しかしそのうち、急に洞窟の入口が暗くなったかとおもうと、数名の兵隊が荒々しく入ってきた。かれらはいきなり波平たちに襲いかかった。そして両手をうしろにくくり、縄をかけた。

波平は、この島の日本兵がまだ一度も戦闘していないこと、米軍上陸に前後して巨大な長距離砲を据えたが、一個中隊では歯が立たないとして長期持久戦を覚悟し、島民から食糧確保と節約を強制していることを村長から聞きながら、あまりに警戒心を抱かず、無頓着だったと気づく。波平たちは部隊長のもとへ連れて行かれる。

部隊長の長岡大尉は、日本は決して負けはしない、日本人はお前らのような意気地なしではない、おめおめと捕虜になり、おまけにスパイまで買って出る日本人など一人もいない、沖縄戦はお前らのようなスパイのために負けたのだ、とついてきた村民代表らにも聞かせるように大声で話し、日本人の魂を分からせてやると、波平たちの前に四つの穴を掘らせる。

波平は、その現実を前に、自分の行動と思想にふと疑念を抱いた。もしかすると自分はとんでもない道に踏み込んだのではないか、日本の現実は依然として大尉の言葉に支えられ、多くの同胞や兵士たちはその信念に基づいて名誉ある死を選んだのに対して、自分はスパイとして処刑される不名誉な父、死を恐れ、信念を失い、意気地なく敵に降った、と歴史に書かれるのではないか、という思いに囚われる。否、それはちがう！　と波平は断固として拒否できなかった。彼はこの戦争の本質、不動の信念を強制しているからくりそのものをまだ知らなかったし、沖縄人の劣等意識からも自由でなかった、彼がつかんだ事実は、そこから現実を再構成し、歴史を書き換えるにはまだ力が弱かった――作品のえがくところは、沖縄の一人の知識人の苦悩を語ってあまりある。

沖縄(人)は日本(人)であるのか。また、沖縄人が日本人であるとはどういうことなのか。波平の疑念と苦悩は、つきつめればそこにある。生きることの価値と意味がその苦悩を超えていかないのである。沖縄人として差別されているがゆえに、日本人として死んでいこうとし、死ぬことで日本人であることを証明しようとする倒錯的な意志をどう考えればよいのか。そして、それを断固として否定する論理と知識を持たないことの焦慮……。

「虜囚の哭」は「虜囚の歌」として『文学界』一九六一年八月号に発表されたが、波平の苦悩は、この作品を著した当時の作者のものであり、沖縄を深く閉じ込めているものであったかもしれない。いや、きっとそうだろう。そしてそれは、今日にまでつづき、いまや沖縄こぞってそれの根本的な解決の道を歩み出そうとしているように私には思われる。

和子たちは、さいごにと「海ゆかば」をうたう。傍らで、波平はじっと目を閉じて坐っている。「その顔には恐怖ではなく、あきらめでもなく、地獄までひきずっていくにちがいない苦悩が凍りついていた」。

作品は、次の言葉で閉じられる。

その後、米軍の掃蕩戦がはじめられ、まもなく村長以下K島の住民は投降して、収容所の人びとは四人が処刑されたことを知らされた。長岡大尉以下六十三名の日本兵が山から下りてきたのは、日本の降伏後ひと月たった九月十九日であった。

波平や和子は死に、長岡大尉以下日本兵は生き残る、これが沖縄と日本の対比であるなら、その構図は今日に至るまで変わっていないといえる。波平が地獄にまで引きずっていった苦悩は、まだ解決されていないことを、私たちは深く心に刻まなくてはいけないだろう。

作者の霜多は今帰仁生まれ。前出の窪田精とともに民主主義文学同盟を創立した。五三年に帰郷して米占領下の現実を目の当たりにし、「沖縄島」を発表（毎日出版文化賞）、沖縄と戦争をずっと問い続けた。

沖縄での無辜の人々の無残な死について筆を置くさいごに、県民疎開のことについてひと言ふれておきたい。波平昌堅も子どもとその付き添いということで妻を疎開させている。

疎開の方針は、一九四四年の七月のサイパン陥落をうけ、沖縄に戦火が及ぶ公算大という大本営の判断から、沖縄本島・宮古・石垣・奄美・徳之島の五島から、老幼婦女子と学童を本土及び台湾へ疎開させることが決定された。といっても県民の安全が優先されたわけではない。県民がいると軍の活動が妨害されるという作戦上からであり、また、消費米の大部分を県外からの移入に頼っている沖縄では、海上交通が途絶えた場合、守備隊増強で膨れ上がった人口を養うのは困難という事情もあった。

疎開は、本土へ八万、台湾へ二万の計十万人と決定され、対象者は、県内に二十九万人いた六十歳以上と十五歳未満の者、その看護者である婦女とされた。また、学童集団疎開については、原則として国民学校三年生から六年生を対象とし、一、二年生は付き添い不要の者に限られた。根こそぎ動員により、「鉄血勤皇隊」の十四歳から、なかには七十歳の者までが防衛召集・動員されており、彼らは疎開を禁じられた。

しかし、疎開気運は一向に盛り上がらなかった。いろいろの理由が考えられるが、本土での沖縄差別や、女子どもだけで身寄りのない本土や台湾へ渡る不安、また、すでに海上航行がきわめてきびしい状況のなかで船舶に頼らざるを得ない疎開手段の不安などがいわれている。現に、四四年六月二十九日には増援部隊を乗せた輸送船「富山丸」が潜水艦に撃沈され、将兵約三千七百人が犠牲になる大惨事が発生していた。極秘とされて箝口令が敷かれたが、県民の間に口伝えで広まっていた。

このなかで起きたのが、四四年八月二十二日の学童疎開船「対馬丸」撃沈事件である。

大城立裕が「対馬丸」にえがいた。

八月二十一日、沖縄・那覇から長崎に向かった「対馬丸」は、二十二日午後十時過ぎ、奄美大島と屋久島のほぼ中間、吐噶喇《トカラ》列島の悪石島の西北方でアメリカ潜水艦から数発の魚雷攻撃を受けた。折から台風が接近していて、その影響で高くなった荒波にもまれ、乗船者千六百六十一名、うち学童八百三十四名が船とともに沈んだ。生き残った者は学童で五十九人と伝えられているが、正確度は保証しがたいといわれる。乗船から遭難まで混乱をきわめたからで、二〇一五年二月十一日現在、死者のうち氏名の判明している者は七百八十一人しかいない。一般疎開者の生存者は百十八人で、これらを合わせても、とても千六百六十一人にはならない。遭難現場は本土と沖縄を結ぶ航路近くだが、深海の底の船の中にいまなお多くの遺骨が残されているのである。

この、沖縄戦における疎開事業最大の悲劇は、箝口令が敷かれ、ほどなく沖縄戦が開始されたことによって埋もれてしまい、人々は語る機会を失ってしまった。戦時中、上海の東亜同文書院大学に遊学していた大城は、戦後、九州を経由して帰郷するが、長く事件のことを知らず、一九六〇年に遭難学童遺族会から記録の執筆を依頼されてはじめて知ったという。

「対馬丸」本編は、

人々はもはや、対馬丸の悲劇について語らなかった。戦火の近づいたことを知った人々は、われさきにと疎開をはじめた。戦闘に協力できる男子は疎開できないはずであるにもかかわらず、疎開船にもぐりこむ者が多かった。なかには、船が埠頭をはなれる瞬間にとび乗りをする者もいた。

「行くも地獄」より「残るも地獄」のほうが確かになった。しかし、いずれの地獄も勝ちはしない。島内でも北部山間集落への疎開がさかんになり、特別援護室勤務の警官たちは、県外疎開の勧奨より島内の警備に手をふやすべきだとして、警察署に復帰した。

島ぐるみの戦争への足どりがはじまった。

沖縄からの疎開船は、昭和二〇年三月二〇日に沖縄戦がはじまる直前まで、のべ一八七隻で、本土、台湾へ七万余人をはこんだ。対馬丸はその一隻である。

と結ばれる。

大城は、遺族会から依頼された記録を同人雑誌仲間の嘉陽安男《かようやすお》、船越義彰《ふなごしぎしょう》との共同作業でなしとげ、一九六一年、『悪石島《あくせきとう》――疎開船学童死のドキュメント』(文林書房)として出版された。大城によれば、巻末に遭難学童の名簿を入れたかったが版元の理解が得られなかったという。八二年に理論社で新装出版される際、大城単独の文章にあらため、巻末に学童の名簿を入れた。名簿は、版をあらためるごとに改訂されている。戦後七十年の二〇一五年三月に講談社文庫として出版される際にも、当然、改められた。「平成二七年二月一一日現在」と記された名簿は、これまでは「那覇国民学校児童」から始まっていたものが、「垣花国民学校」からになっている。

安次嶺　宏　12
安次嶺喜八　10
安次嶺正子　8
安次嶺眞喜　11
安仁屋トミ子　8
……

とつづいていく。理論社版には年齢の下に生年月日と本籍地が書かれていたが、講談社文庫版は省いている。文庫版には安次嶺姓が四人並んでいるが、理論社版は安次嶺宏一人だけである。理論社版は一九七八年十二月末現在とあるから、その後、判明したものと思われる。安次嶺とあるから兄妹だろう。八歳の妹を兄たちはどのように守ろうとしただろう。泣いたろうか。叫んだろうか。疲れて眠り込んでしまっていたろうか。何が起きたか分からず海中に放り出されたのではないだろうか。兄の名を呼んだろうか……。名簿は少なからず同じ姓が並んでいる。父や母が、一人ではない、兄妹助け合ってと説得したのだろう。年齢の欄には「6」という数字もチラホラ見える。隣に同姓のない子もいる。兄や姉がいたけれどもそれを確認する人が亡くなってしまったのかもしれない。もしたった一人で乗ったのだとすると、どれほど心細かったろうか。

ただの名前と年齢の羅列には読めない名簿は、悲しみの集積である。怒りの堆積である。沖縄の悲劇をそれぞれが一身に引き受け、告発している。初版にこれを入れたいと思った大城たちの心底が痛いほど分かる。

大城たちは、丹念な取材のうえに、なぜ撃沈されたのか、そもそも疎開事業とは何だったのか、沖縄戦とは何だったのかを問いかける。戦争がなければ沖縄戦も疎開事業もなく、軍の命令がなければ教員や親たちが子どもたちを説得することもなかった。八百三十四人の学童たちは、自分の意志で船に乗ったわけではなく、また、その危険よりむしろ安全・安心を聞かされ、引率の親や教師に身を委ねるほかなかった。

理論社版に大城、嘉陽、船越の三人連名の「あとがき」がある。

女学生や中学生の戦争犠牲の意味を小さく見るつもりは毛頭ないが、それが夢やロマンの裏返しで見られることを、危険と思うのである。彼ら、彼女らがいだいていた夢をふみにじられたことは、むろん痛ましいものには違いないが、それでも彼ら、彼女らは自分一個の生命の燃焼にたいする自覚があった。その歴史に涙する人たちは、じつはその生命の燃焼に感情移入しているかも知れない。

しかし、対馬丸とともに犠牲になった学童たちには、その自覚がなかった。いま生きている私たちの感情移入はきわめて困難である。それだけに、その犠牲を見つめることは、親の責任を見すえることであり、その親を導いた国の責任を問うことになる。歴史を見とおすこころでいえば、おとなの責任を永遠に問うことである。私たちは、それに耐えられるだろうか。

たとえば、特攻機に乗り込む前夜の彼らの決死の思いを、愛する人、愛するもののためにと、美しい純真の物語にする人がいる。読みながら感情移入し、いつしか戦争が人間美、人間賛歌に置き換えられていく。だが、六歳や八歳の子に、操縦桿を握る選択はなかった。愛する人を思うこともなかった。学童の運命はひとえに親が握った。その親を国家が、軍が、強制した。その時、学童たちが悲劇に突き落とされた。

戦争は、そうやってまったく無辜の、いたいけな子らの、命を奪う。そうさせないために親は何をどうすればよいか。容易に応答できる問いではないが、それでも、答えなくてはいけない。答えようとしなければならないだろう。なぜなら、そこに沖縄の全悲しみと、沖縄をそのようにしてきた戦後史の全重量と、それを遠くに置いて生きてきた私たちの全人生が、あると思うからである。

付、一九三〇年代の抵抗線

――武田麟太郎と『人民文庫』の場合

一九三〇年代を、「歴史の暗い谷間」の時代と形容したのは荒正人だった（「第二の青春」『近代文学』一九四六年二月号）。「満州事変」から日中全面戦争、アジア・太平洋戦争へと、十五年にわたる侵略戦争に連動した国民動員、ファシズム的国民統合のもとで、わが国の文学者は多く戦争遂行へ駆り出された。戦後、文学者をふくむ知識人の動向に関して、戦争責任や「転向」といった戦争協力と権力への屈服などの実態とともに、人民戦線運動をはじめとした抵抗の姿など、いくつかの角度から検証、研究が進められてきた。近年の歴史研究では、荒の実感とは別に、戦時期の大衆文化のモダニズムを指摘し、必ずしも「暗い谷間」ではなかったとする議論も出てきている。

文学者の場合、一九三〇年代前半のプロレタリア文学運動への弾圧、解体から四二年の文学報国会（文化創造団体で報国会という組織形態がとられたのは文学分野だけ）の結成、それへの半強制的な加入へと事態が進んだことで、「暗い谷間」がより強く印象づけられたと思われる。しかしそれは、文学者をおしなべて侵略戦争と強権的抑圧の「犠牲者」とえがき、彼らはやむなくそれに巻き込まれていったと見ることにもつながった。内閣情報局の指導でつくられた「ペン部隊」に応じ、至れり尽くせりの待遇を受け、現地報告と称して美談を綴り、体験・見聞を小説化したのも軍部の強圧のせいだったと、言葉の繕いを容易にさせた。戦後の文学者の戦争責任追及が、天皇のそれを問わないという根本的な曖昧さがあったとはいえ、結局はきわめて中途半端な、不徹底なものになった背景にそれがあったといえるだろう。

小林多喜二と火野葦平を、同じく政治の犠牲者と見る「成熟した眼」を求めたのは平野謙だが（「ひとつの反措定」『近代文学』一九四六・四、五月合併号）、倒錯した論理ながら案外それは、少なくない文学者たちの心にひびくものがあったのではなかったろうか。彼らもまた、天皇制専制主義の政治の犠牲者として戦争へ駆り出されたと思いたがっていたろうから、その微妙な心理が、戦争下の自己を映す鏡に反映しなかったとはいえない。侵略戦争に反対し、天皇制権力に対して敢然と立ち向かった小林多喜二を「政治の犠牲者」とえがこうとするのもそうなら、これから述べようとする武田麟太郎と『人民文庫』の評価についてもそれがいえる。

たしかに、一九三〇年代は三三年二月の小林多喜二の逮捕・拷問死、同十二月の宮本顕治の逮捕・投獄、翌三四年の日本プロレタリア作家同盟（ナルプ）と日本プロレタリア文化連盟（コップ）の解体、そして、三五年の日本共産党中央組織の解体など、文学においてだけでなく、侵略戦争と人民抑圧に抗するわが国の戦闘的左翼戦線そのものが、窒息させられようとした時代だった。「転向」が相つぎ、「バスに乗り遅れるな」とばかりに、文学者たちは戦時体制へなだれ込んでいった。

しかし三〇年代のとくに半ば過ぎは、そうした事態を受けて、有意の反ファシズム運動がつぎつぎと生まれた時期でもあった。一九三〇年代は、その意味で「暗い谷間」とだけ呼ばれていい時代ではなかった。滝川事件（三三年）、美濃部達吉の天皇機関説を一蹴した国体明徴運動（三五年）、さらに二・二六事件（三六年）、日独伊防共協定（三七年）とつづくファシズムの強まりのなかで、スペイン、フランスの人民戦線にも鼓舞されて声をあげたさまざまな文化人グループがあった。

三二年十月の唯物論研究会の結成を嚆矢として、彼らは、『労働雑誌』、『社会評論』、『世界文化』、『土曜日』、『学生評論』、『リアル』など、いずれも三〇年代半ばに創刊された雑誌に拠って時勢に抵抗した。武田麟太郎が主宰し、本庄陸男を編集長（本庄が結核療養のために退いた三七年十月号からは那珂孝平が編集長）とした文芸誌『人民文庫』もその一つである。一九三六年三月号を創刊号とし、三八年一月号の終刊まで計二十六冊、発行された。月数と発行冊数がちがっているのは、発禁となって編集し直して再発行したものや創作特集の臨時増刊号二冊をふくんでいるためである。通常号は毎号、四、五千部発行したといわれている。

武田麟太郎と、『世界文化』の創刊に加わった真下信一（哲学）とは第三高等学校時代、胸襟を開いて時代と人生を語りあった仲だった。京都一中から四修で入学した真下と、大阪府立今宮中学から一浪して入学した武田とは二歳ちがいだったが、妙に気が合い、どこへ行くにも一緒で、夜遅くまで語らい、京都の町を徘徊した。

ある日、武田の電車通学をうらやんで真下が、「君はいいなあ、往復二時間余りも電車に乗って、それだけあれば、ずいぶん本が読めるだろう」と言うと、武田は言下に、「そんなもったいないことができるか。おれは前に坐ったり、立ったりする人間の顔を見るのに忙しいんや。こいつは何をして来たんやろ、なんか悲しいことでもあったんやろか、て考えだしたら時間なんかあっという間や」と言ったという。

「ぼくはそのとき、武田はほんまもんの小説書きだと思った」と、真下がなつかしそうに笑いながら筆者に話してくれたことを思い出す。

そのふたりが大学進学で京都と東京に別れ、十年余りすぎたころ、一方は思想・文化の戦線で、他方は文学の戦線で、ともに抵抗の橋頭堡を時代に抗って築こうとした。『世界文化』の創刊は『人民文庫』に先立つ一年ほど前の一九三五年二月だから、あるいは武田はその影響を受けたかもしれない。

しかし、世界の反ファシズムの動きと連帯しようとしたのは、武田の方であった。武田は、反ファシズムのための文化擁護国際作家会議（国際文化擁護著作家協会）が三五年六月に設立されたことに呼応し、その日本支部の設立について討議する必要がある旨を伝え、返書を「作家聯盟書記局」の名でルイ・アラゴンから受けとった。

アラゴンは、「貴翰に対して心から満足の意を表するものです。／吾々は貴下が吾々の団体に参加する事を承諾された事を欣ぶと共に、又貴下が、人類文化の重要なるパートを占める貴国の文化を代表している重要な作家たちを出来るだけ糾合するために労をとって下されると信じています。」としたためている。

この国際作家会議（著作家協会、作家聯盟）については、戦時下においても多少紹介されているが、武田のようにこれと主体的に関係を持とうとした者はほかにいなかった。『人民文庫』三六年九、十一月号に紹介された武田のこの動きは、当時の日本の文学・文化運動が国際的な反ファシズムの動きと直接連携しようとしていたことを物語っている。武田麟太郎という作家のこの行動によって、日本の文化戦線は辛うじて国際反ファシズムの戦線とつながっていたともいえる。

にもかかわらず、武田麟太郎と『人民文庫』についての評価は低い。述べたようなこと一つも、知られているとはいえない。武田たちがときに「主敵」であるかのように批判しつづけた日本浪曼派（注、雑誌の表記にしたがう。以下同──引用者）については多種多様に研究、論及されているにもかかわらず、『人民文庫』についてのまともな研究は、辻橋三郎の労作「『人民文庫』の姿勢──一五年戦争のなかで」（同志社大学人文科学研究所編『戦時下抵抗の研究1』一九六八年、のち辻橋『昭和文学ノート』一九七四年、に所収）ぐらいで、論考としても（問題提起的な意味でも）、小田切進「改題と解説と『人民文庫』──現代文学史の分岐点で」（『人民文庫復刻版』別冊、一九九六年）、祖父江昭二「武田麟太郎の見直しのために」（季刊『アーガマ』一九九七年夏号、『二〇世紀文学としての「プロレタリア文学」―さまざまな経路から―』《エール出版》所収）など、数えるほどでしかない。武田麟太郎についての論考は少なくないが、しかしいまや武田は忘れられた作家である。

武田麟太郎と『人民文庫』は、日本現代文学史、あるいは戦時下の抵抗史の小さなエピソードにすぎないものだったのだろうか。本稿は、前記の諸論考などにも拠りながら、一九三〇年代とそれにつづく戦争の時代を生きた文学者は、「暗い谷間」に身をすくませてはいなかったことを、武田麟太郎と『人民文庫』の営みをふり返ることで検証しようというものである。

一

武田麟太郎は一九〇四（明治三七）年、大阪市南区（当時）日本橋で生まれた。父は天王寺警察に勤務する巡査だった。前述したように今宮中学から一浪して三高へ進む。中学時代の同窓だった藤沢桓夫らの同人誌『辻馬車』を知り、また、三高の上級生だった梶井基次郎らの『青空』に刺激を受け、『真昼』を創刊する。東大文学部仏文学科へ入るものの大学へはほとんど行かず、真下との親交をさらに深め、ブハーリンなどを読む。さらに、横光利一、川端康成、片岡鉄平ら新感覚派の作家を知り、文壇に接近する一方、林房雄と親しくなり東大新人会に入る。

一九二七（昭和二）年、武田は短篇小説「敗戦主義」を『プロレタリア芸術』（二七年七月創刊、日本プロレタリア芸術連盟《プロ芸》の機関誌）に発表し、《プロ芸》に加わった。《プロ芸》は、一九二五年十二月に結成されたわが国最初のプロレタリア文学運動組織である日本プロレタリア文芸連盟が、アナーキズム系を排してマルクス主義的方向を明確にして改組した組織である。林房雄は東大で社会文芸研究会を組織し、学外者の千田是也なども加えてマルクス主義芸術研究会《マル芸》をつくっていたが、《プロ芸》に合流していた。

武田はその後、蔵原惟人らの前衛芸術家同盟《前芸》の書記となり、また、蔵原が提唱した日本左翼文芸家総連合の創立総会に参加し、書記として働いた。総連合は、一九二八年三月の全日本無産者芸術連盟《ナップ》の成立後、自然消滅するが、反戦作品集『戦争に対する戦争』を刊行した。武田の「敗戦主義」も収録された。

この頃から武田は本所柳島の帝大セツルメントで働き、翌二九年二月の日本プロレタリア作家同盟《ナルプ》結成後は東京支部江東班に配属され、松田解子らと文学サークルをつくって活動した。京都でおこなわれた山本宣治の葬儀（一九二九年三月十五日）に参列したところを警官に追われ身を隠すが、直後にビラ張り中に捕らえられ、亀戸署に勾留される。こうした体験をもとに「暴力」「連絡する船」「反逆の呂律」「休む軌道」「脈打つ血行」「荒っぽい村」「捕手」「市電争議と円タク」など、プロレタリア小説を発表する。

これらの作品は、『文藝春秋』や『文学時代』、『新潮』、『中央公論』などに発表された。作家同盟の結成に参加し、蔵原と親近しながらナップの機関誌『戦旗』に作品を発表する機会を得なかったことは、武田のえがく（えがきたいと思っている）創造世界と、作家同盟が求める文学世界との微妙なズレを語っているかもしれない。ちなみに、武田が作家同盟の機関誌『プロレタリア文学』に寄稿したのは、小林多喜二の追悼文「告別」（一九三三年五月号）だけである。

あげた作品それぞれは、「敗戦主義」をのぞいて『日本プロレタリア文学集・16「戦旗」「ナップ」作家集』、『同20　同作家集』（新日本出版社、一九八四、八五年）に収録されている。不幸な出生から社会主義に関心を持ち、アナーキストの組織に近づくものの、その荒みように不信を抱いて彼らから離れ、やがて共産主義者の懸命な活動を知って労働者として目ざめていく姿をリアルにえがいた「暴力」をはじめ、生活の現実やたたかいを通じて変わっていく、労働者や婦人などの姿を浮き彫りにしている。佐藤静夫が「解説」（同）で指摘するように、「恐らくこれは武田麟太郎のひとつの積極的な文学的資質といってよいであろう」。

しかし武田は、みずからの文学をこの線を延長する先に創りあげようとはしなかった。書いているものにうそはなかったが、どこか違和感があった。無理をしている感があった。

この年（注、一九三一年――引用者）から三二年にかけて、私は日本プロレタリア作家同盟の中に働くように、身体を近づけて行った、組織の仕事が時間を奪ったとの云いわけも立つが、私自身今までの作品を顧み憂鬱になり、思うさま筆を落とせなかったのである、『低迷』と云うのを書いたが、実際創作方向に低迷していた、何とかなるだろうと思って、『文芸講習会』の雑務に没入したりするのであった。

と武田は回想している（「文学的自叙伝」）。

武田の創作方向に大きなヒントになったのは、映画「三文オペラ」（G・W・バブスト監督、三二年二月封切り）だった。東京演劇集団による原作（ベルトルト・ブレヒト）のオペラ上演もあった。ブレヒトの「三文オペラ」は十八世紀のイギリスの作家ジョン・ゲイの「乞食オペラ」のパロディで、ロンドンの裏町を舞台に、盗賊の親分メッキーや乞食を企業化するピーチャムらの仕事ぶりを面白おかしくえがいたものである。ブレヒトの意図は、この盗賊や乞食のやっていることと銀行家などブルジョアたちのやっていることとどこがちがうのか、ブルジョアの方がもっと悪質ではないか、と風刺してみせるところにある。

武田はこれを見た。多く共感した。しかし、その風刺に作為も感じた。場末の街に蠢くように生きる庶民は、社会の不条理を風刺するために生きているのではなくて、彼らの存在そのものが不条理なのだと叫びたがっている自分を見つけ出す。武田の生まれたところがそうだった。南に釜ヶ崎のスラムを控えた、俗に「蜂の巣長屋」と呼ばれた一角の住民たちは、誰かのために、何かのために生きてはいなかった。武田が当時住んでいた、浅草田島町の傾いた三階建てのアパートの住民たちもまた、その日の自分や家族が生きるために必死なのであった。

武田は、西鶴に倣おうとする。西鶴は武田の文学の師だった。「日本のうんだ最も達成したレアリスト」西鶴は、「私の態度の根底をつくってくれ……（略）……、彼より発し、また彼に帰ることを幾度か繰返して、しかも私はつねに新しい人生的意義をのぞき得るのである」と心酔していた（「山峡通信」一九三八年四月）。

夏でも陽は中天に来るまで射さず、それでいて冬の寒風は通りも隙間も逃すことなく吹き刺してくる場末の街で、人情も薄っぺらにしなければ生きてはいけない庶民という存在を、西鶴のような方法でそのまま書く、書くことで何かが見え、見えることでほんとうのことが言えないか、と武田は考えた。武田の転機の作「日本三文オペラ」がこうして生まれた（『中央公論』一九三二年六月号）。

二

「日本三文オペラ」は、浅草公園の裏口、廃寺の荒れた墓地に向かってひどく傾斜した三階建ての、アパートならぬ「あずまアバート」と名のる不衛生で陰気な「下宿屋乃至木賃宿」が舞台である。毎朝夕、三階の物干し台で広告気球の上げ下ろしをする他方で、古道具屋や周旋、日歩貸しもやるちょっと得体の知れないアパートの主人を筆頭に、お喋り好きの吉原の牛太郎（客引き）の女房、カフェの女給とその情夫、コツコツと貯めていた金をだまし取られた安酒場のコック、家賃を滞納し弟子とともに部屋を出て行く安来節の女、越後から来た毒消し売りの少女たち、トーキーになったためにクビをいわれ争議中の映画説明者など、つぎつぎに登場して話が進む。

とりたててテーマがあるわけでなく、強いていえば愛欲、打算、欲望のままに生きる人間模様、庶民の実相ということになるのだろう。一種の風俗描写ともいえる。リアルに活写されていた。しかしここには、社会の矛盾に苦しみ、たたかいを知り、合流し、目ざめていく、といった一九二〇年代末に武田がえがいた世界はなく、明日を見つめる人間もいない。映画館のストライキを指導するものの敗北した映画説明者が狂言自殺をはかるが、睡眠薬を飲み過ぎて生き返らないという結末には、冷厳というよりはどこか自棄な社会への荒れた眼を感じる。

評価は分かれた。

武田とともに『人民文庫』に参加した渋川驍は「現実主義と抒情が互いに融合していると き、彼の作品は非常に成功する、『日本三文オペラ』はその好見本である」と高く評価した（「武田麟太郎入門」講談社『日本現代文学全集80　武田麟太郎・島木健作集』、一九六三年）。同様の山室静も、現実への批判はないが、「この期の氏の作品中ある調和をもった好篇」「突放しと親縁感の見事な釣合いの上に、作品の風俗画としての完璧が、そのほのかな明るさが結果した」（「武

田麟太郎」、佐藤春夫・宇野浩二編『近代日本文学研究　昭和文学作家論』、一九四三年）と高評した。

きびしかったのはプロレタリア文学運動の側だった。「日本三文オペラ」からつづく一連の市井事ものといわれる作品にたいして、「武田麟太郎（『栄行く道』『訪問』『釜ヶ崎』）等の創作における右翼的危険等は、当面の危険の一系列をなすものである」（日本プロレタリア作家同盟常任中央委員会「右翼的偏向との闘争に関する決議」、『プロレタリア文学』、一九三三年）とか、「プロレタリアートの勝利の展望確信を見失った、現実の表面的形象化——同志武田麟太郎『うどん』『市井事』」（『プロレタリア文化』編輯局「創作方法に関する第一回批評家会議の報告・討論」、『プロレタリア文化』同）と、きびしさを超えた批判が投げつけられた。

プロレタリア文学運動内部では、「唯物弁証法的創作方法」がさかんにいわれていた時期である。批評は機械的裁断に近く、前記「決議」は島崎藤村の「夜明け前」を「敵階級の文学」とし、これを積極的に評価すると「反動文学に対する批評におけるレーニン的党派性の喪失」と述べるほどであった。「日本三文オペラ」をはじめ武田の市井事ものは、武田自身まだ手探り状態であることもあって、運動内部に侵入する右翼的偏向と同じように見られた。行きすぎた批評ではあるが、武田の弱点を衝いてはいた。「プロレタリアートの勝利展望の確信」はともかく「現実の表面的形象化」は当たらずとも遠からずといえた。

社会の底辺で人はどのように暮らし、生きようとしているかをありのままにとらえ、そのあるがままを肯定する意志は強くあっても、それをどう見るかという作品を貫く作家の思想がなかった。あえぎ、もがく庶民がどのような時代社会の母斑を背負い、反映しているかを見ようとしないのである。彼らを肯定するあまり、見えなくなっているといってもよい。

作品発表から数年してのち、宮本百合子は「庶民性そのものへの過剰な肯定」と指摘した。武田が主張する「散文精神」についても、「従来の作家的実践のままでは、とかく無批判的な日暮し描写、或る意味での追随的瑣末描写の中に技術を錬磨される傾きであった」と批判した（「文学の大衆化論について」、一九三七年五月）。

後年、この時期に武田の「転向」を見る人たち、たとえば平野謙は、「『暴力』『反逆の呂律』の作者が『日本三文オペラ』以後、『釜ヶ崎』を書き、『市井事』を書き、『銀座八丁』を書くにいたった作家コースそのものは、やはり一種の転向現象とよぶほかあるまい。というより、『日本三文オペラ』から『銀座八丁』を経て『大凶の籤』にいたる作家コースは、転向文学のひとつのポールをさししめしている、ともいえるのである」（筑摩書房『現代日本文学全集』46「解説」、一九五五年）と評した。

ずっと時代が下ると、「『日本三文オペラ』と『市井事』で武田麟太郎は蔵原惟人、宮本顕治、小林多喜二らプロレタリア文学の指導者たちが押しすすめてきた路線から離脱することに成功する」（川西政明「叛逆する身体――武田麟太郎伝」、『日本三文オペラ　武田麟太郎作品選』講談社学芸文庫、二〇〇〇年七月）と、武田の意志的な「転向」をより強調するようになる。「成功する」と断じられては、死人に口なしとはいえ武田も立つ瀬がない。

「転向」とは、「全滅」を「玉砕」、「退却」を「転進」といい換えたと同じく、「変節」を糊塗するために持ち出された用語である。実際には支配権力の圧迫や誘惑によって思想信条を変え、屈服し、権力者側に身を落とすことにほかならない。とはいえ、「転向」にも完全転向から偽装転向まであり、また、いったん「転向」はしても一定の地点で踏みとどまった人もいる。抵抗が多様なかたちをとったことと同様、「転向」もそれぞれの人に応じた分析が必要であろう。一九三三年の、共産党指導部であった佐野学・鍋山貞親のように、「転向」をあたかも新しい方向へ向かうかのように美化するのは欺瞞でしかないが、それに先立つ武田のこの時期の対応やさらにその後をどう見るかは、より慎重な検討が必要だろう。

私は、武田麟太郎のこの時期を「転向」と見るのは当たらないと考えている。文学創作上の模索、題材と主題選択をめぐる試行錯誤を、思想の動揺と直結させるのはあまりに性急すぎると思うからである。芸術創造と作家の思想は、それほど直線的につながってはいない。また、もし武田がこの時期に「転向」していたとするなら、国際的な反ファシズム運動と呼応しようとしたり、後述するが、権力側へと身をすり寄せていく盟友・林房雄と袂を分かって『人民文庫』を創刊し、日本の文芸・文化運動をファシズムの方へ進めようとする文芸懇話会や日本浪曼派と対峙することはなかっただろうからである。

もっとも、この時期のコップと作家同盟（ナルプ）をはじめ日本プロレタリア美術家同盟、同演劇同盟などとの関係は、単純ではない。それぞれの組織は、「コップの政治偏重反対」「コップに依り掣肘を受けざる創造的活動の旺盛化」をうたってコップを脱退し、各組織を解体しているからである。作家同盟内では、小林多喜二や彼の死去後は宮本百合子らによって、天皇制権力の暴圧の強さに正面から対峙せず、妥協点を低く見つけて躱そうとする「敗北主義的」傾向への批判がくり返された。ふり返って考えれば、抵抗線の保持はより巧妙かつ敢然と築くことは可能だったかもしれないが、正面からのたたかいを主張する生硬な言葉と、萎えた心で口をついて出る玄妙な後退の言葉とでは、交点を見出しがたかったろう。

武田は、身を逸らしながらではあるがその渦中にいる。一九三〇年代初頭に「戦旗・ナップ防衛講演会」などで行動をともにした宮本百合子にしてみれば、傲然としていたはずの武田のその姿を、もどかしく思ったにちがいない。

平野謙をはじめ、武田を自分たちの陣中に引き入れたいと思う人たちから見れば、あるいは「プロレタリア文学の正統からの脱落」と武田を見ることもできないわけではないが、武田の胸中はそれとは大きくちがっていただろう。武田は、「日本三文オペラ」から市井事ものを書きつぎ、そして、一九三四年八月から新聞連載した「銀座八丁」で一躍流行作家に押し上げられる。一説に、朝の七時から夜の十時までぶっ通しで書いたともいわれるが、そうやって仕事をこなせばこなすほど、武田は自分の「やりきれないいやあな作風」(「文学的自叙伝」)を意識せざるを得なかったのである。「いやあな作風」とは言い得て妙だが、つまりは、時勢に流される庶民のあるがままをただ追いなぞるだけではない、風俗をえがきつつ風俗を突き抜けるような、そのための芯になる思想の不明、もしくは未発であろう。

ときを前後して、武田も加わって創刊した『文學界』が資金難から休刊していたのを復刊したものの、林房雄が主導してしだいに権力に迎合的になっていった。林は、武田とともに発起したナルプ解体後のプロレタリア作家再結集の組織「独立作家クラブ」からも身を引き、権体制側の文芸統制の布石ともいえた文芸懇話会（一九三四年創立）を容認する方向に転じ、権力との妥協をますます色濃くしていった。武田は、『文學界』がさらに改組されたのを機に編集を降り、寄稿もしなくなる。他方で「下界の眺め」の新聞連載、「一の酉」からのおしげものの連作と、書きつづけた。

『文學界』復刊に武田が加わっていることをとらえて、武田の変節を指摘する議論もあるが、『文學界』の二段階的な変容は、そう単純に見ることはできないことを示している。

作家同盟の主要メンバーであった中野重治、窪川鶴次郎、徳永直らは、『文学評論』（一九三四年三月創刊）に拠ってプロレタリア文学以来の文学思想・社会思想を守りつつ、より柔軟な方向で活動をつづけようとするが、彼らと考えを異にし、傍流におかれたプロレタリア作家やその支持者たちは作品の発表場所を求めた。本庄陸男や平林彪吾、さらに矢田津世子や大谷藤子らが武田を慕って集まってきた。後者の方が、むしろ生硬な言葉で抵抗を語った。こうして一九三六年を迎え、『人民文庫』が創刊されることになる。

文学史的には、『人民文庫』は高見順らの『日暦』同人と『日本浪曼派』(一九三五年三月創刊)に加入しなかった『現実』同人によって成立したとされている。『日暦』は一九二八年の三・一五事件からナップの成立、『戦旗』創刊を背景として生まれた『大学左派』を淵源としており、高見順、新田潤、渋川驍がそのころからの中心メンバーである。『大学左派』時代には武田も加わっている。コップの「政治主義的な傾向」になじまず、芸術的抵抗を心組みとしていたといってもよいが、その出自からも分かるように社会的視野という視角のひろがりがあった。人的な構成で見れば、作家同盟に加わっていた人たちが多かった。

そのようないきさつから、武田は当初、『日暦』同人への参加を申し入れる。しかし、文学歴からも、また、親分肌な武田の気質からも、武田が加わると『日暦』が武田のものになるという危惧もあって賛同が得られず、『日暦』同人たちはそれぞれ個人として『人民文庫』へ参加する。

『現実』もまた『日暦』と同様に芸術的な形象と作品によって抵抗をこころみようとする同人だったが、第一次の亀井勝一郎、保田與重郎らが『日本浪曼派』を結成したことから、本庄陸男、井上友一郎らが上野壮夫、平林彪吾、鈴木清らを誘って第二次『現実』を組織した。ここにも作家同盟に所属していた作家たちが結集したが、第二次は『人民文庫』の創刊とそっくりかさなっており、ほどなくほとんどが合流することになる。

三

『人民文庫』は武田が費用を負担して、同人形式をとらずに執筆グループを形成した。メンバーには、『日暦』の全員（高見、新田、荒木巍、矢田、大谷、渋川、那珂、田宮虎彦、石光葆、古沢元、円地文子など）と『現実』の本庄、細野孝二郎、上野、湯浅克衛、平林、さらにこれに堀田昇一、松田解子、小坂たき子らが加わり、やや遅れて井上友一郎、田村泰次郎、南川潤らが参加した。秋田雨雀、江口渙、青野季吉といったプロレタリア文学の「長老」が顧問格にすわり、立野信之、間宮茂輔、竹内昌平、金子光晴らが常連的執筆陣に加わった。

『人民文庫』の「人民」については、たんなる大衆ないし庶民ぐらいの軽い気持ちでつけたという説もあるが、冒頭で述べたようなフランス、スペインでの人民戦線のたたかい、コミンテルン第七回大会（一九三五年、ディミトロフが「反ファシズム統一戦線」を提唱した）での人民戦線戦術への転換、そしてそれに呼応しようとする日本の無産政党への、天皇制権力の警戒と弾圧、さらに二・二六事件があってみれば、「軽い気持ち」説には与しがたい。田村泰次郎は後年、

武田は、当時、言論界にも日々ファシズム的圧迫（=文芸懇話会の発足など）の烈しくなった暗い時代への、最後の抵抗の砦として、『人民文庫』を発刊した。『人民文庫』の『人民』

は、フランスの人民戦線（フロン・ポピュレール）という呼称からとったことは、武田自身が幾度も口にするのを聞いた。

と回想している（『わが文壇青春記』、一九六三年）。

であるならば、武田の抵抗線は明確な意志にもとづくものといわなければならない。が、当初からそうであったとも言いがたい。『人民文庫』創刊には、むしろ、林房雄らの右傾化への反撥が大きかったと思える。『日本浪曼派』には、少なくとも主宰した保田與重郎には「日本的伝統」への回帰という明確な主張があったのに対して、武田と『人民文庫』は「散文精神」を提唱するものの、それはまだ輪郭も内容も模糊としたものであったからである。『日本浪曼派』に集まった人たちも、必ずしも保田と意見が一致していたわけではなく、当初は、プロレタリア文学運動が解体したあとの、その代替思潮の受け皿という性格もあった。時勢とともに『万葉集』などを持ち出して近代批判と古代賛歌へと進み、詩精神と短歌的抒情をその支柱ともして、「日本的伝統」への回帰を提唱するようになったのである。

『人民文庫』が「散文精神」に明瞭な意味づけをするのは、創刊から半年以上過ぎた十一月号の座談会である。広津和郎、徳田秋声を招いた座談会「散文精神を訊く」で、武田は「散文精神」を貫く思想に気づかされるのである。司会をつとめていた武田は、広津や徳田が何をいわんとしているのか、高見順や渋川驍が何を聞きたがっているのか、整理しながらこう語る。

そうするとつまり、西鶴、それから自然主義勃興、それからプロレタリア文学の発祥となって、散文精神が発展してきたと云うことは、散文精神の主張と人間解放の気運、民主主義的な時代精神と密接な関係にあることになりませんか。

武田は、自分たちが主張する「散文精神」が「人間解放の気運」「民主主義的な時代精神と密接な関係」のものと理解する。自分が進み出ようとしているところが、たんに強権抑圧からの脱出ではなく、やや大げさにいえば、人類普遍の原理と結びついていることを発見したのである。

同じ号の編集後記でも「我々は今散文精神を強調しなければならない時代に住んでいるが、それは歴史的にはどう云う変遷を経て来たか、その精神の背景、根拠をなすものは何であったか、解放と民主主義の意欲があるところ、旺盛な散文精神の発動となったことなぞ明らかにされた」と、抑制気味ではあるが意を強くしたことが十分にうかがえる文章で記している。

ここで武田が「民主主義」という言葉を用いていることは重要である。祖父江は前述した論考でその点に注目し、戦前は一見同様に受けとめられる「自由主義」を肯定する主張は珍しくなかったが、「民主主義」を肯定的に押し出す知的な風潮はほとんどなかった、と指摘している。武田は、妥協的リベラリストとしてではなく、戦闘的デモクラットとしてこの時代に立とうとしたのである。その抵抗線の頑強な一点こそ武田の真骨頂だったといってよい。見のがせないことは、武田がそれを文学史的な継承として理解しようとしたことである。

祖父江はかつて、一九三〇年代前半までのプロレタリア文学・芸術運動を「文学・芸術を非社会的・超階級的な所産と見る伝統的・支配的な文学・芸術観に抗し、文学・芸術を歴史的・社会的所産ととらえ、それゆえ階級社会の文学・芸術の『階級性』を強調するといった画期的で革命的な文学観・芸術観自体が、当時やや簡略に受容された、いわゆる『史的唯物論』の入門的な理解に導かれていたために、……(略)……自民族ひいては人類の遺産を継承する点で弱かった」と指摘したことがある(『二〇世紀文学の黎明期』、一九九三年)。それに対して三〇年代後半になると、武田もそうだが過去の文学遺産、たとえば西鶴や自然主義などの積極面を継承しようという志向、発言が登場する。ところが、前述もしたように、「夜明け前」を「階級敵」とする見方がまだくすぶっているなかでは、それはファシズムと戦争体制の強まりに頭を垂れる、一歩後退の対応と批判された。

ふり返って考えれば、その種の批判は浅薄であったろう。現実を切り取ることに制約を受けた作家たちが歴史小説に転身する現象なども生まれたから、批判者の気持ちが分からぬでもないが、歴史小説にも、林房雄のように「青年」や「西郷隆盛」で「転向」を当然としたり「大東亜共栄圏」の美化をうたうものもあれば、江馬修「山の民」や本庄陸男「石狩川」

のように、下層農民の抵抗や封建的主従関係から脱却することによって権力者の苛政に抗う姿を描出するものがあった。それらを見れば（発表時期は三〇年代初めから末までであるが）、批判が観念的で粗略であったことは免れない。

武田がここで、西鶴や自然主義の文学史的な流れを受けて、散文精神を人間解放と民主主義の時代精神と位置づけたのは、同時に、ファシズムとの対抗という三〇年代後半の世界史的課題への呼応でもあったと見る方が適切だろう。三五年のコミンテルン第七回大会が「反ファシズム統一戦線」を提唱したことはすでに述べたが、それを機に、いわばそれまでの「階級対階級」、あるいはその典型・象徴でもある「階級政党」への人民の結集によって「階級敵」の打倒をはたすという単純な把握を超えて、新しい「ファシズム対民主主義」、「中世的『野蛮』対『文化の擁護』」という、はばひろい抵抗の戦線構築が国際的にこころみられるようになった。「三二年テーゼ」からの発展をここに見ることもできるだろう。武田の「民主主義」発言は、そこにつながっていこうとする意志と私は見る。

『人民文庫』創刊一年後の三七年三月号の巻頭に武田は次のような「挨拶」を載せた。

なんら金力の背景なく、なんら権力の被護もなく、と云う言葉を私たちはよく使って来たが、そこに日本文学の、と云うよりは広く文学の伝統があると信じている。私たちは文字どおりそのなかに小説行動を生かそうと決意して来た。……（略）……もとよりその困難は予期していたところであるから、私たちの意志と欲望は少しのゆるぎもみせていないと断言できるのだ。文芸懇話会の排撃、リアリズムの正統的発展、旺盛なる散文化、つまり約言すれば文化の擁護と正しく高い性質の小説の大衆化――私たちはこの目的に微力を尽して来た。

武田は、その百分の一の成果も収めなかったのは恥じなければならないが、ただ、出発に際しての覚悟を新しく締め直すだけだ、やっと一年という感慨とまだ一年しかたっていないという勇気を同時におぼえる、諸氏の声援を、とこの短文を結んでいる。

日中戦争の全面的展開へと向かう時期に、武田は、時勢に臆していない。権力とそれに迎合する勢力から文学を守ろうと、意気軒昂としている。「正しく高い性質の小説の大衆化」と言葉を選んだとき、武田は自分がえがこうとしているものが何であるのかをつかんだかもしれない。侵略戦争への国民の動員、軍事色の強まりは、雄々しい男児とそれをささえるけなげな銃後の女を求めても、日銭稼ぎに疲れ、女に溺れる男や髪振り乱して暮らしを追う女たちという目の前の現実はそれを消していくからである。ならば、時代の真実はあくせくする庶民の側にある。時勢に乗り遅れるとばかりに軍事色に染まっていくだけではない、生活に執拗に張り付いているものにこそある――武田ははたしてそう思わなかったろうか。

三〇年代初頭、武田が嘆息まじりにいった「いやあな作風」が、芯になる思想の不明、あるいは未発から生まれていたとするなら、『人民文庫』を創刊することで見えてきた「民主主義」は、断然の進歩といえる。思想の芯の発見といい換えてもよい。武田に「思想」という言葉は似合わないだろうから、生得の叛骨とか気骨というものを根太くする力、という方が当たっていよう。武田は、なぜ自分が庶民を愛おしく思うか、そのあるがままの描写に時代を撃つ何かがあると考えるのはなぜなのかを、「民主主義」を言葉に出すことでつかんだといえる。さらにいうなら、そのとき思い浮かべた「民主主義」は、強権による抑圧への反語であるとともに、統治形態としてのそれよりもっとひろい概念、人間解放とかヒューマニズムとかいったものに近かったであろう。

武田は、宮本百合子がいう「無批判な日暮し描写」「追随的瑣末描写」から抜け出す道を見つけたともいえよう。しかし、武田が本格的にそこを抜け出すより時勢は急だった。

四

「日暮し描写」さえも許容しなくなっていく、そこへの途次で、武田と『人民文庫』は果敢に時勢と格闘した。

武田は「井原西鶴」を体調不良や家庭生活の不如意などから休みがちではあったが連載した。高見順は『日暦』に掲載していた「故旧忘れ得べき」を『人民文庫』でつづけ、作家としての席をたしかなものとした。

「井原西鶴」は句点を打たず、全編を読点でつないだ。それによって、武田は勃興する町人の活気をうたった西鶴に倣い、みずからをその西鶴に仮託するはずむような心境を乗せようとした。しかし、綿屋の若旦那がふとしたことから廓遊びをはじめ、高安のお大尽などと呼ばれたのもつかの間、いまは金魚のエサの棒振虫を一日仕事二十五文で売って暮らしを立てているという話は、愛欲生活の果てに行き着いたところを指す以外ではなかった。
天下の台所と呼ばれた大坂北浜の米商人の横溢する生活力を一方でえがきだしながらも、武田は他方で、みずからを仮託した西鶴がこの米商人を前に気持ちを萎えさせ、腰折れる姿をとらえる。用件を切り出せないまま米商人の家を辞した西鶴に、ぐいぐいと押してくるあくどさから放たれたようなのびのびした心易さになった、と言わせる。武田は、町人にもはや圧倒されてしまっている西鶴をえがくほかなくなっていたのである。
「散文精神」をかかげる武田としては、西鶴が俳諧から小説、詩から散文へと移って世俗を批判的にえがいてみせたことが頭にあったのかもしれない。しかし、
俳諧の人から小説家へ、詩から散文へと移行せざるを得なかった作家の奥なる秘密を見つけ出そうとして『井原西鶴』という小説の発端に手をつけた。これは全体としてライフワークにしたいつもりだが、ほんのはじめの部分で、もう巨大な、容易にわけ入ることを許さぬような山の麓の密林地帯に行き暮れた観がある。（「山峡通信」）

と武田自身がいうように、作品は発端部分で終わり、未完のままにおかれた。

臼井吉見は、西鶴が対象とした町人の社会進出が経済的基盤のものである以上、彼はいつまでも気分雰囲気にとどまっているわけにはいかず、町人自身の立場からの現実把握を深くすることを求められ、うたうことから語ること、えがくことへと移行せざるを得なかった、ところが武田は、うたう西鶴の明るく晴れやかな面貌から書き始めるのではなく、すでに人生の暗さを諦観する苦渋な面貌からはじめた、そこに、作者の意図はともかく、この作品が長篇成立の必然性を失った原因がある(「武田麟太郎論」、『現代日本文学大系70』一九四六年七月)、とした。

臼井はつづけて、「結局この作は、西鶴を描こうとしたよりは、西鶴に仮託して作者自身を——現実の否定面の暗さにぶつかった作者自身の態度と心境を語ったというに近い性格を帯びている」と断じた。

臼井の評価はおそらく正しいだろう。問題は、その「現実の否定面の暗さ」に対して武田がどうしようとしたかである。作家は、小説でこそほんとうのことを語るもので、心奥の深くでは、武田は抗しがたい時代の流れを感じとっており、それが「井原西鶴」に出ざるを得なかったことはたしかにちがいない。しかし逆説的だが、それだからこそなお、武田は時勢に立ち向かおうとしたのではなかったか。

武田が、悲喜こもごもの庶民の生活や風俗を執拗にえがきだそうとしたことにそれがよくあらわれている。また、『人民文庫』ではじめた「市井談義」の連載もその一つといえる。もともと文芸誌で小説掲載を中心とした『人民文庫』だったが、創刊からほどなく、「市井談義」をはじめる。常連筆者たちが庶民生活の現場で何が起きているかを寸評する体裁のものだが、その第一回に武田が「『忘れちゃいやよ』の禁止」を書いた（一九三六年九月号）。そのころ流行った渡辺はま子の歌である。「月が鏡であったなら」と歌い出されるが、これが、「あたかも娼婦の嬌態を眼前で見るが如き歌唱。エロを満喫させる」とか「甘い歌い方が官能的」として内務省から発売禁止処分を受けた。

武田はこれをとりあげ、こういうものは大衆が生活の重圧から支配者に批判的になるのを麻痺させる役割があるから、支配者の側はほんとうは禁止したくないのだが、退廃的なものが枠を越えるのも見かねる、そういう矛盾がある。しかし、こういう禁止処分が支配者に口実を与えることは残念なことだ。支配者は、官民合同の統制機関を設置し、楽しいレコード文化を建設しようと言いだしている。私はここまで国家統制の触手が伸びてきたのかと唖然とする、と禁止処分に反対を表明した。こうした内容の「市井談義」は多くの読者の支持を得たといわれる。

高見順の「故旧忘れ得べき」もまた、昭和初期の社会主義運動に目ざめた学生たちの十年後をえがき、挫折、「転向」が彼らに深い傷を負わせていることを問いかけるもので、話題を呼んだ。「故旧忘れ得べき」は唱歌「蛍の光」のことだが、かつての同志の死に集まった男たちが、彼を偲んでうたう。彼らの胸中に去来する苦い思いは、志操を捨てた自責であるのか、捨てさせた者への怒りであるのか。作品はそれを饒舌体の文章に載せてさぐる。

『人民文庫』はまた、松田解子、円地文子、大谷藤子、矢田津世子、小坂たき子ら女性作家たちが積極的に作品を発表したことも特徴である。松田は「平和な方」（一九三六年五月号）、「転換期の一節」（同・十月）、「惑ひ」（三八年一月）などを発表し、非転向でたたかいぬくところにこそ理想的な態度があり、また、アナ・ボルの提携期を回想しつつ運動を放棄しない心情をえがきだした。また、矢田が「神楽坂」（三六年三月）、「蔓草」（同・六月）、「妻の話」（同・十月）などで、妾と老人の旦那、新しい男に夢中になる義母とその娘、ふたまわりも歳の開いた夫婦といった一般的ではない男女関係をえがいたことも興味深いことといえる。他の女性作家にもやや共通するところが見られるが、時局とまったく無関係な人間模様の描出は、そこに人間生活の最大関心を持つ作家の特徴を語っているが、あえてそれを題材に選ぶところに、彼女たちの時局に背を向けた態度もうかがえる。「忘れちゃいやよ」が禁止される時世を横目に、作家たちは粘着力ある抵抗をこころみたといえる。

『人民文庫』の積極果敢ぶりは、座談会などにも示された。

『種蒔く人』を当初、秋田で出した（一九二一＝大正十年）小牧近江、金子洋文、さらに翌年から東京で継続した青野季吉などに武田や林房雄が加わった座談会「日本に於ける社会主義文学の擡頭期を語る」を、三六年八月号から三回、参加者を毎回少し入れ替えておこない、掲載した。興味深い裏話の連発に流れがちな座談会だが、日中戦争が本格化する直前に「社会主義文学」を語りあう彼らの胸中がどのようであったか、察するに余るというものだろう。

文学論や文学精神を内容としたものでは、前記の「散文精神を訊く」につづく、宇野浩二をゲストに徳永直、佐多稲子らが参加した「散文的文学論」がある（三七年十一月）。「日本の浪曼派を訊す」などという、十五人も出席してさまざまな角度から批判をくりひろげた座談会もある（三七年四月）。

これらの座談会や『人民文庫』主催の講演会には、他の会合がそうであるように特高や憲兵が臨席していたし、『人民文庫』は発行のたびに諸雑誌と同様、当局の検閲を受けていた。作品の削除を求められることはしばしばだったが、三七年九月号は丸ごと発禁処分を受け、指摘を受けた小説、詩をはずして臨時号を出している。発禁対象になった小説の一つが間宮茂輔の連載「あらがね」だった。

間宮自身の体験をもとにしたと思われるこの作品は、K鉱山を舞台に落盤事故とそれにともなう争議をえがいている。大学を中退し、労働のなかに人間が生きていく真実を見つけたいと鉱山にやってきた青年を主人公に、彼の、労働者たちへの共感、坑夫たちのリーダーから教えられる労働や資本の本質、事故で死んだ坑夫の妻への愛などを通して成長する姿を追う。発禁をいわれた号には、賃上げや米価の値下げなどを求めて数百人の坑夫とその家族が鉱山事務所に押しかける場面がえがかれていた。殺気だった群衆に抗しきれず、事務所の人間がピストルを持ち出そうとするのを、主人公の青年が体を張って阻止するのである。幸い、所長が「職をかけて諸君の希望を必ず満足させて差上げる」と約束し、ピストルが撃たれることはなかった。

発禁の理由が示されていないので想像するほかないが、おそらく、群衆の示威行動が要求解決の力であること、弾圧のためにはピストルの使用も辞さない会社当局の態度が示されていることなどが検閲者側の警戒を呼んだのだろう。

あるいは、理由など何でもよかったのかもしれない。「盧溝橋事件」（一九三七年七月七日）から日中全面戦争へと進んでいく時期である。コミンテルンの決議もあって中国における抗日戦線がひろく鋭く展開されていくことが背景にあった。発禁処分の対象には中山今朝春の詩「閃く」もなった。

詩は、「絶え間なき鳴動と／どろ沼の中で浮き沈む地平線。／あそこでは、何ごとかゞ行はれてゐる、／世にも怖ろしき何ごとかが。」と書き出されている。読む者は日中戦線を想像するかもしれない。詩はつづく。

「強大な根強い力が／雲のやうに群れて、追ひつ追はれつ／しのぎを削り、さつりくし合ひ、／せいかんなやつ等は、いのちを／ちり芥の如くふり廻してゐる。／ちり芥のごとく。／あそこで、いのちを棄てるは／木の葉をむしるより容易《たやす》いのだ。／いのちの重量《おもみ》は、野草の花《はな》みたいな……比重される――。」

命は鴻毛より軽し、とはよくぞいったものである。しかし、それを戦争にかさねて狩り出される者の身になっていうと、禁圧された。「閃く」はその恰好の餌食になったようである。『人民文庫』への弾圧は創刊時から当局の狙うところだったが、それでも、当初は当局の対応も気まぐれなところがあった。社会主義も散文精神も、文学論として交わされる分には、臨席した当局者の理解度もあって、寛容なところがあった。ところが、時勢はいつまでも同じようにはしない。取り締まる側の人間によっては、無届け集会にかこつけて、徳田秋声研究会に集まった執筆者グループ十六人全員を検挙するということも起こった（三六年十月二十五日）。

当時の「朝日新聞」は「人民文庫に鉄槌、全員十六名を検挙」の見出しで、「人民戦線運動に神経を尖らしている警視庁当局はかねて左翼新進作家の大部分よりなる同人雑誌『人民文庫』の内容に注意していたがついに二十五日午後七時半頃角筈一ノ一レストラン大山方における例会に手を入れ全員十六名を淀橋署に検挙」と報じた。「東京日日新聞」は「〝人民文庫〟の拡大強化を図る、秘密会合の十六名検挙」と見出しを立て、「伴野が司会者となり人民文庫の拡大強化、同文庫を通じての共産主義の宣伝方法を協議中のものであった」と伝えた。

真相が判明し、「人民戦線運動の擡頭に神経を尖らし過ぎての泰山鳴動鼠一匹も出ずの形」

（「朝日新聞」）となったが、過剰反応とも思える取り締りは、日中戦争の進展にともなって過剰でなくなっていったといえる。

同じころ、広津和郎は『人民文庫』主催の講演会で「散文精神」についてこのように語っている（一九三六年十月十八日）。

　それはどんな事があってもめげずに、忍耐強く、執念深く、みだりに悲観もせず、楽観もせず、生き通して行く精神――それが散文精神だと思います。……（略）……現在のこの国の進み方を見て、ロマンティシズムの夜明けだとせっかちにそれを謳歌して、銀座通りを青い着物や緑の着物を着て有頂天になって飛び歩くような、そんな風に直ぐ思い上る精神であってはならない。と同時にこの国の薄暗さを見て、直ぐ悲観したり滅入ったりする精神であってもならない。……（略）……アンチ文化の跳梁に対して音を上げず、何処までも忍耐して、執念深く生き通して行こうという精神であります。

銀座通りを青い着物で闊歩したのは、林房雄や日本浪曼派である。広津は、彼らがいう「ロマンティシズムの夜明け」に眼を据え、アンチ文化の跳梁を批判している。が、「堪えて生きて行こう」というほかないところに広津の抵抗線はあった。それは、暴圧に屈しないまでも、徐々に徐々に後退を余儀なくされたのであった。

堀田善衛は「若き日の詩人たちの肖像」で、アジア・太平洋戦争がはじまった翌年の七月下旬、主人公の「若者」が兵隊検査を受けてまもなく戦場へ出て行くというときの心理をえがいている。若者は「国のために死ぬとはいったい何のことなのか？／国とはいったいなんだ？」と自問する。若者は、もの書きがみな壮大な夜明けの時代だといっていることや、武者小路実篤が支那事変は憂鬱だったが真珠湾の一撃によって天の岩戸開きにも比すべき夜明けが来たということに、歌でもうたうようにそんな無責任なことをいっていいのか、と思う。そして、若者は広津和郎が何をいってくれるのかを待った。「けれども、待たれている人は何も言わなかった」。

聞けない堀田の失望が大きいのか、言えない広津の無念が深いのか、何とも言えない。ただ、その失望や無念、悔恨がデモクラットとしての彼らの戦後を形成したとは言える。

ともあれ、『人民文庫』はよくたたかいつつも発行を諦めざるを得なくなる。武田の資金がつづかなくなったという見方もあるが、弾圧に抗しがたくなったのである。〝次は『人民文庫』〟などと、三七年十一月の唯研の一斉検挙のあとに噂が立った。十二月に入ってコミンテルンの反ファシズム統一戦線の呼びかけに呼応して日本で人民戦線の結成を企てたとして労農派系の大学教授・学者グループが一斉検挙された。いわゆる人民戦線事件である。高見順ら『日暦』グループがまず廃刊の声をあげた。高見にとっては二度目の屈服だった。『現実』グループのなかには〝玉砕〟をいう者もあったが、武田は高見らの意見を入れ、三八年一月号を最終号にした。原稿料をつぎ込んできた武田だったが、財政的にすでに破綻していた。

五

それにしても、『人民文庫』とこれを主宰した武田麟太郎は、なぜそれにふさわしい評価を与えられていないのだろうか。戦後、もっとも早い時期に『人民文庫』に論及したのは平野謙だった。そしてそれが定説化した。平野は近代文学社編『現代日本文学辞典』（河出書房、一九四九・七）で『人民文庫』を次のように紹介した。

一見対蹠的な性格をもつ『人民文庫』と『日本浪曼派』とは、ナルプ解散、転向文学の氾濫という文学的地盤から芽ばえた異母兄弟とも言えよう。

個人論文などでなく、『辞典』などという〝権威〟あるものに載った平野のこの一文が、辻橋や祖父江も指摘するように、過小評価の出発、出所であった。『人民文庫』は、〝『日本浪曼派』と「異母兄弟」〟と断じられては、敗戦後の文化、思想状況のなかで坐るところはない。いや、日本浪曼派の隣に設けられた被告席しか与えられない。これが、過小評価を生んだ一つ、そして最大の点である。

すでに武田は世を去っていた（一九四六年三月三十一日死去）。志を持って参加した者からすれば、『人民文庫』は『文學界』の一部に強くなってきた時局便乗的空気、とくに林房雄の日本主義に対する警戒、それを怠れば巻き込まれてしまう怖れから、多くの犠牲を覚悟で発刊した（前出、渋川驍「武田麟太郎入門」）、という以外に位置づけようのないものだったが、そういう抵抗線のあったことをできるだけ小さくしたい者から見れば、評価は低くなる。

　平野は戦時中、みずから求めて情報局の常勤嘱託となり、言論・出版・文化の統制、マスコミの統合や文化人の組織化などをおこなった。取り締まる国家機関の側から、たとえば文学報国会の発会式の、総理大臣東条英機の「祝辞」原稿を書き、戦争協力、「聖戦」完遂の文章を書いた。現在では、平野が戦後それらの文章を全集に収録しなかったり、意図的に改竄し、また、戦時下の自分の存在がいかに小さいものであったかをくり返し語ったことなどが明らかにされているが、敗戦直後には誰もとがめなかった。むしろ、戦争へとなびいた文学者たちを断罪し、返す刀で、戦争を阻止し得なかった者たちへ容赦ない批判を浴びせるという平野の独特の距離感を評価した。それによって、平野は戦後文学をリードする影響力ある評論家になった。

　平野の戦後への応援が、武田や『人民文庫』への過小評価と結びついていたと単純には言えないにしても、そこに戦時下の自己をできるだけ身ぎれいにしておきたい深層心理が反映しなかったとは言えまい。その罪は大きい。

　高見順がめざとくそれを見つけた。平野から辞典を贈られた高見は、「ひどいことを言う！」と憤然とした。高見は、自分も出席者のひとりだった座談会「『人民文庫』『日本浪曼派』討論会」(報知新聞が企画、一九三七年)を想起し、『日本浪曼派』は『人民文庫』の「敵」であったという記憶で、「異母兄弟」などという気持ちは微塵もなかった、と述べた。が、それから数年たった『近代文学』の討論「日本プロレタリア文学運動史」(一九五四年二月号から六回連載。三回目の「社会主義リアリズムの問題その他」)の席上、高見は『人民文庫』と『日本浪曼派』とは「転向という一本の木から出た二つの枝だ」と発言する。

このことを紹介した『昭和文学盛衰史』(『文藝春秋』五六年一月～五七年十二月号連載。加筆して五八年、文芸春秋新社から出版)で高見は、「平野謙に激怒した私が数年たって、みずからそう言ったのである。私は、よく考えてみると、平野説が正しいということに思い当たったのである」と記した。討論会の席上、神山茂夫が「少し自分を卑下しすぎている」「『人民文庫』の動きは、やっていた人の主観的意図もふくめて、客観的役割の点でももっと高く見ていいんじゃないかと思う」と発言したことも紹介し、それも分かるが、としながら、「私としてはやはり『転向の二つの枝だ』と言うのである」とふり返った。

高見はこれ以前にも、「『日本浪曼派』を私たちは反動と糾弾し、自分たちを反動でないとした。しかし『日本浪曼派』と『人民文庫』とは、転向の二つの現われだったとも今は考えられる。一本の木から出た二つの枝とせねばならぬのではないかと私は思う。だからと言って、私たちの仲間の心に燃えていた抵抗の精神を否定することも、あやまりであろうが」とのべ（「文学と倫理」＝『世界』一九五一年六月号）、『日本浪曼派』再検討のきっかけをつくっていた。『近代文学』の討論も、『昭和文学盛衰史』の当該記述も、みずから気運をつくり、竹内好、中野重治、橋川文三らの『日本浪曼派』再検討の発言がつづいたうえでのものである。高見がなぜ変化したのか、私は知る由もない。ただ、自分で波をつくり、つくった波の上で踊ってみせる姿を、私は美しく見られないだけである。

くり返すが、武田はもういない。一緒に『人民文庫』を切り回した本庄陸男も、同誌廃刊の翌一九三九年、結核のために死去している。ふたりの前でも、高見は同じことを言っただろうか。平野は書いただろうか。

平野や高見が述べたずっとあとだが、彼らの『人民文庫』評価に、彼らと同時代を生きた野口冨士男が不快感を示した。少し長いが、『感触的昭和文壇史』（文藝春秋、一九八六年、『文學界』八三年一月〜八六年七月号連載）から引用する。

私は『昭和文学盛衰史』と『昭和文学史』の著者でもあった高見順と平野謙がすでに亡いこんにち、彼らがなぜそんなことを言ったのか、真意を問いただすことができないのを、残念と言うよりいまいましいとすら思う。彼等の見解は、その後あらわれた無数と言っていい昭和文学史関係の研究書に、ほとんど鵜呑みにちかいかたちで紹介されているだけに、いっそう要らぬことを言ってくれたものだ、と嘆息をおぼえる。

なるほど「日本浪曼派」と「人民文庫」は〈転向〉という〈文学的地盤から芽ばえた異母兄弟〉であり、〈一本の木から出た二つの枝〉には相違ないものの、私に言わせれば、戦時中にはまかり間違っても絶対にそんなふうには見えなかったはずで、二人にそう見えたのは戦後の解放感による寛大さのあらわれであろう。とことんまで突き詰めていけば〈異母兄弟〉の血液型は明らかに異なっているし、〈二つの枝〉が反対ともいうべき方向へ左右に岐れて伸張しているという事実にもみのがせぬものがある。

戦時中風俗小説を書くことには、非国民とよばれはせぬかという怖れがつきまとっていたから、「都新聞」がもう「東京新聞」になってからだったと思うが、私は「文芸時評」で浅見淵に〈最後の風俗作家〉と書かれたとき、その心なさをうらめしく思った。そういう立場にいたひとりとして、「人民文庫」のメンバーに怖れをなしたことなどは一度としてなかったにもかかわらず、「日本浪曼派」の一部のメンバーには、時間的に言えば廃刊後になってからのことだが、はっきり言っておびえていた。高見順や平野謙には、戦時中そういう思いをいだいたことがなかったのだろうか、存命だったら問いただしたい。

野口の『人民文庫』と『日本浪曼派』評価には、実感がこもっている。『日本浪曼派』の一部のメンバーに「おびえていた」のは、その通りだろう。権力側に身を添わせてそのお先棒を担ぐ輩は、ときとして権力本体より始末に悪い。しかし野口の筆先は、彼らの断罪に向かってはいない。実感を事実によって検証し、それによって自分の歩んできた道を謙虚に確認しているのである。そこには、美化も保身もない。

ともあれ、平野と高見の『人民文庫』評価は、通説として今日まで生きることになった。一方は〝権威〟として、他方は〝当事者〟として。しかし、「文学的地盤から芽ばえた異母兄弟」、「一本の木から出た二つの枝」と口にするとき、彼らの心底に風は吹かなかったろうか。姑息は語義通り一時しのぎでしかない。真実はやがて明らかにされる。いま問われなくてはならないのは、それによって戦後を生きようとした精神の卑屈さであろう。あのときの、そして彼らだけのことでは、けっしてない。

六

過小評価をもたらした第二の点は、武田麟太郎の文学的評価にかかわっている。中村光夫が『風俗小説論』(『文芸』一九五〇年二月~五月号連載、河出書房、同年刊)で展開した。「風俗小説論」は、中村が「あとがき」で述べているように、丹羽文雄との論争から生まれた。戦後、人気作家としてつぎつぎに小説を発表する丹羽の風俗小説的傾向にたいして、そこに到ってきた「我国の近代小説の特異な性格」を淵源からたどって批判しようとしたものである。「近代リアリズムの発生──風葉・藤村・花袋」「近代リアリズムの展開」「近代リアリズムの変質」「近代リアリズムの崩壊──横光・武田・丹羽」という章題からもそれがうかがわれる。

もとより論考の受けとり方はさまざまである。小林秀雄の「私小説論」とかさね合わせ、「社会化された私」を検討する人もいれば、島崎藤村の「破戒」と田山花袋の「蒲団」との「決闘」の結果、「蒲団」の勝利によって自然主義——私小説の流れが近代リアリズムの発生とされた、などのことを重く考える人もいよう。

しかし、近代文学研究者をはじめとして、第一章の近代リアリズムの発生に注目が集まった中村の論考も、最終章で中村が、その近代リアリズムを崩壊させたのが風俗小説だとし、論争相手の丹羽と並べて横光利一、武田麟太郎を切って捨てたことに関心を向ける人は少なかった。そして、ここでも平野の所論が論証の一つに持ち出されていることを気にとめる人は、ほとんどいなかった。中村はこう述べる。

今日の小説の支配的形式ともいうべき風俗小説がこの小説通俗化の運動（注、一九三〇年代半ばの横光「純粋小説論」など——引用者）から生まれたものであり、いわゆる「文芸復興」の結論であったことはここに贅するまでもありません。このような風俗小説がその発生の契機を、大正末期から昭和の初頭にかけて、ともかく作家が懸命に闘って来た、我国の小説の第二の近代化運動（注、新感覚派とプロレタリア文学の運動——引用者）の挫折に負うている事情に注意すべきことなので、これは今日にいたるまで風俗小説の性格の根本を決定しているといえるのです。

「かくて昭和十年代にはいると、横光利一も武田麟太郎も丹羽文雄も、それぞれ新感覚派、マルクス主義文学、私小説という出身の痕跡を明らかにしつつも、一様に社会小説ならぬ風俗小説的傾向へとおもむくことになるのである。……昭和初頭以来の動乱する文学的蕩揺の結論がほかならぬ風俗文学だったという事実は、一個の冷厳な事実として、近代日本文学八十年の歴史をも改めてみなおさせるにたる一個の重要な徴表であろう。リアリズムという舶来の文学概念が、徳川時代以来の根ぶかい文学伝統にいかに風化されたかの歴史として、近代日本文学の歪みを読みとることが今日現在もっとも必要といえるくらいである」と平野謙も同じ文章（注、「新感覚派文学とその周辺」――引用者）でいっています。

小説通俗化の結論としての風俗小説、近代日本文学の歪みの徴表――武田麟太郎に押されたこの烙印は大きい。読むに値するものではない、といわれたようなものである。はたしてそうか。風俗はそれほど文学にとって犯罪的なものなのか。これは考えてみなければいけないことだろう。

「風俗小説に、本腰でぶつかるのは、作家に取っては相当の覚悟である」と、中島健蔵は「武田麟太郎」で書いた。一九四一年に出した『現代作家論』（河出書房）に収められている。初出は分からないが、「銀座八丁」を書いているころは、と文中にあるので時期的には一九三

六、七年ごろだろうか。短い作家評であるが、中島は次のようにいっている。

武田麟太郎は、益々風俗小説の方向に近づきつつある。しかも彼は、何物かを犠牲にしつつ、本格的な風俗小説の険路を、自ら選んで踏みつづけて来たように思われる。

ここ（注、銀座――引用者）に身を据えた武田麟太郎は、恐らく、もう少し風俗に性格のある所からの侵入者として、根の据わっていない風俗を縦横に書いていると思われた。彼は東京ッ子ではなく、大阪生れである。そういう彼の風俗小説の中には、当時の彼の批判が、かなり突っぱなした形で歴然と出ていたのである。

戦時下に「風俗」を書くことの意味を中島は好意的に見ている。同時代評だけに親身である。先の野口冨士男の思いともかさなる。風俗は古びる。古びることを承知のうえで、古びきらないものを書くのが小説家としての第一の覚悟だ、と中島はこの文章を括っている。屈折した戦時下を送ることになる中島の、その直前の言葉である。真率なひびきを聞き取って間違いはないだろう。

加えていうなら、風俗は小説世界のリアリティの確保に必要なものでもあろう。書き割り的なものなら通俗化するが、主要人物の性格、本質的な特徴と結びついている要素となっているなら、小説に奥行きも厚みも出る。真実が細部に宿るなら、細部としての風俗は小説に不可欠のものである。まして戦時下なら、小説世界の舞台をどこに設え、登場人物に何を見させ、聞かせ、あるいは何を食べさせるかさえも、銃後の、戦争下の人々の世態、人情を映すだろう。それを問わないで、小説世界の風俗一般の是非を論じてもあまり意味がないと私は思う。そこを一顧だにせず、「風俗小説」で一括りにしてポイと捨てるような態度は、好ましいものといえないだろう。

中村は先の引用につづけて、武田についてこういっている。

西鶴の町人ものが封建制度への言外の反抗であるように、彼の「市井事もの」もやがて「細雪」をさえ禁止した軍閥政府に対する無言の抵抗ではあったので、このような生得の叛骨と、我国には稀に見る線の太い無頼な放浪性とは、一部の人々の郷愁に近い尊敬の対象となると同時に、作家としての大成を期待されていたのですが、まさしくこうした経歴と性格のため、彼は戦時中はほとんど執筆の自由を奪われて外地に韜晦し、戦後立ち直る暇もなく斃れてしまったので、この点で、彼は横光とはまったく別の道を歩みながら同じ時代の壁につきあたって破滅した作家と云えましょう。

中村は、平野の言葉を引きながらもそれでよしとせず、「風俗小説」の枠内ではありながらも武田の「軍閥政府に対する無言の抵抗」を見てとっていた。が、それは深められることなくそのままにおかれた。

ここで、中村の言葉につなげて武田の戦時中にひとことしておくなら、四一年のアジア・太平洋戦争の開戦以降、武田は派遣されたジャワからの報告やエッセイなどはときおり発表するものの、小説は四五年に短篇二、長篇（新聞連載）一篇だけである（いずれも市井もの）。単行本は短、中篇集が三冊とエッセイ集、ジャワ滞在記『ジャワ更紗』（筑摩書房、一九四四年）を出している。そこには、日々の屈託と戦局の展開から来る天皇への思いが綴られ、時局便乗というより自分の立ち位置も分からなくなった無残な姿があるのだが、国策に沿う意図の見られないことが、かえって武田の哀しさを語るようである。

ともあれ武田は、四〇年五月に菊池寛が提唱した文芸銃後運動講演会に参加せず、逆に、文化統制に抵抗する「日本文学者会」の発起人になり、のち常任委員になった。が、何かをやる暇もなく、対米英戦開始の直前、一九四一年十一月に徴用され、翌年早々、宣伝班としてジャワへ派遣された。

当初はインドネシア独立を援助すると聞かされ、雀躍として現地に向かったものの、着いたとたんに、台湾で仕入れたインドネシア解放の歌のレコードや解放万歳のポスターを処分され、「独立」の言葉も禁止された。武田は、日本軍が独立を反故にして軍政を布いたことに反抗し、ジャカルタの下町に入り浸る。中佐待遇だったが、上官からずいぶん殴られたらしい。それでも、軍服を身につけず気ままに行動し、民族独立を主張するインドネシアの作家たちに共鳴して、現地人の自立的な啓蒙団体の文学部門の指導員という名目で行動した。四四年に帰国してのちは、陸海軍将校にインドネシア独立を説得するほどだった。

武田は、四二年に創立された日本文学報国会に名前を連ねていない。事情はよく分からないが、文芸家協会を除籍されていた（会費未納という説と、菊池寛が提唱した銃後講演会を拒否したからという説がある）こともあるし、ジャワにいたことが関係しているかもしれない。ほとんど強制的で、宮本百合子も自動的に女流文学者の一員として報国会に登録されたほどである。戦地派遣の文学者にも入会確認がされていたから、武田の事例はおよそ意志的でなければできないこととも思える。が、その形跡はない。

ただ、武田は「日本文学者会」を組織したように、文学者が戦争に動員されることをできるだけ避けようと、そのために文学者がまとまることに腐心していた。ジャワから帰国した翌年、報国会の動員部長だった石川達三に呼び出され、文学者を軍や工場、農村に動員する相談を持ちかけられたり、海軍司令官が出席した文化動員軍事班の会合にも出ている。六月には、交通道徳昂揚運動に作家の協力を求める運輸大臣との懇談会に、文学報国会からとして出席してもいる。

これらをみると、武田本人は文学報国会に当然、自分の席はあると思っていたと考えた方がよさそうである。もっとも、会合に出ても発言を一切しなかったといわれる武田のことである。案外、聞き置いてあとは自分の胸三寸で、ぐらいのことは思っていたかもしれない。それができたかどうかは別として。

しかし、武田のこうした戦時下の処世が明らかになるのはずっとのちのことである。断片的には知られていたことがまとまったのは、大谷晃一『評伝　武田麟太郎』（『文芸』一九八〇年一月～八二年五月号連載、補筆し八二年に河出書房刊）である。もっとも大谷は、武田の戦時下の処世について、戦争協力の文章はいっさい書かなかったと好意的に過ぎる評価をしているが。

中村の『風俗小説論』にもどれば、武田の「無言の抵抗」、「生得の叛骨」の記述に眼をとめ、武田を注視する人はそれほど多くはなかったであろうことはたしかである。中村自身の認識がそうであった。中村は丹羽文雄を押し流すために、「風俗小説」と武田をも道連れにしたのである。

くり返すようだが、作家は小説のなかでこそ真実を語るものである。ならば、武田もまた中村たちがひと括りにする「風俗小説」のなかで、時代と人間、自己の心底に揺らめいている真実を語ったにちがいない。それを掬いとって言葉に乗せてこそ批評であろう。小説作品は、評者のいわんとするところへの水先案内人でも同行者でもないのである。過小評価におかれた武田麟太郎の不幸は、武田や横光を引き合いにして丹羽を批判しようとした評者の批評態度にあった。それが、けっして中村光夫の「風俗小説論」にかぎられていないところに、現代文学の不幸がある。

戦後、武田は次のような感慨をしたためた（「文芸時評」一九四六年三月、「東京新聞」）。

きのうは、無理に志願しても、何とか報道班員たろうとし、阿諛とは云わぬにしても、追随的な作品を書き、本日は容易に戦争を嘲弄して、只現象的にのみその否定面を探し求めて、創作方法とする。あるいは、唯々身の安全をはかって、何らの闘いも敢えてせず、敗戦とともに、その沈黙が何かの意義あったような表情をする。他の場合は知らず、小説家にあってはこうした仕方では、ついに戦争も戦後の様相も真意を把握出来ないのである。

つい、筆が逸れたが、つまりは自分への戒めとして書いた。

武田の「風俗小説」は、戦後にそう語り得る者の営みであったことを顧慮して読み解く必要があるだろう。

七

三つ目の点は、『人民文庫』にかぎらず、一九三〇年代半ば過ぎの人民戦線運動についての、戦後の評価の問題である。

この点について戦後いち早く発言したのは、三〇年代のプロレタリア文化・文学運動の当事者でもあった宮本顕治である。宮本は、プロレタリア文化運動が「この運動の末期にも革命的主翼が検挙されず健在であり、敗北主義者の跳梁がなかったら、その新しい条件への適応はもっと整然と合理的に移行し得て、もっと壊走的状態を少なくすることができたであろう」(「新しい政治と文学」、一九四七年)とふり返った。

しかし数年後、人民戦線運動とのかかわりで、やや立ち入って次のようにも述べた。『宮本百合子全集』(河出書房版)の「解説」で、一九三〇年代の評論活動を総括してのものである。

新しい方向は林房雄のような小ブルジョア的敗北主義的方針を克服し、プロレタリア文学のヘゲモニーを強めつつ、同時に文学者の戦争と専制主義に反対する統一戦線の方向が積極的に目指されるべきであった。創造活動でも戦争と専制主義とに反対の方向に立つ限り、社会生活でその進歩的意義を認め、プロレタリア作家に対しても、それを基準にその進歩的意義の確認の上に、プロレタリア文学としての不完全な点を親切に示すというものでなくてはならなかった。それらについて未熟さと誤りが克服されねばならなかった。一九三三年の四月、斎藤内閣の鳩山文相による京都帝国大学の滝川教授の追放問題をきっかけとする学藝自由擁護同盟の組織は、この統一戦線のきざしであり、プロレタリア文化運動にとっても新しい展開として大きく注目さるべきものであった。それは、一九三五年にパリで開かれた文化擁護世界大会と同じ反ファッショ人民戦線の精神に立っているものであった。プロレタリア文化運動はこの学藝自由擁護同盟の運動を各分野でより系統的に展開すべき情勢に立っていた。すでに私たちも社会主義リアリズムの精神に立ち、過去の「唯物弁証法的創作方法」等の克服に着手していた。しかし先進的活動家の検挙、治安維持法の威嚇、敗北主義のひろがり等は、この新しい転換が組織的に行われ得ないうちに、文学運動を解体におしやった。百合子が警察にいた一九三四年二月、日本プロレタリア作家同盟は解散声明書を発した。一九三六年一月、独立作家クラブがつくられた。これは文学者の一種の統一戦線がめざされたものであったが、政治からの「独立」を看板とした点で理論的には政治と文学に関して日和見主義に立つこととなり、本質的発展は期せられないままで終わった。(河出書房版『宮本百合子全集』解説　七「冬を越す蕾」、一九五一年七月、のち『宮本百合子の世界』として河出書房から一九五四年刊)

ここでいわれる「学藝自由擁護同盟」は「学藝自由同盟」の誤記と思われるが、滝川事件後の七月、学藝自由同盟に先立って結成された「大学自由擁護連盟」と混同したものだろう。いずれにしても、大学自由擁護連盟は弾圧を受け、学藝自由同盟も翌年、活動停止を余儀なくされるが、そこから、冒頭にあげた『世界文化』『学生評論』『土曜日』などが生まれることになる。

一九三一年から四一年の宮本百合子の評論活動をふり返って解説する文章としては、百合子の評論活動が、ここでいわれる「統一戦線のきざし」をどう見ていたかともかかわっているると読むのが妥当だろう。宮本顕治の「解説」は、ここに立ち入る前に、小林多喜二の文学を歪曲する傾向との百合子の断固たる闘争や、百合子の評論「一連の非プロレタリア的作品」についての百合子の自己批判などにふれ、百合子自身の未熟とともに当時のプロレタリア文学・文化運動の「唯物弁証法的創作方法」などの誤りを指摘して、百合子の評論活動をよりひろい社会状況に位置づけているからである。

そういう思いで当時の百合子の評論を読むと、宮本顕治がここで指摘する視角が抜け落ちていることに気づく。百合子が、強権的反動的方向に無関心であったわけではない。一九三七年で見ても、たとえば「全体主義への吟味――今日の民衆、知識人への課題」(『自由』三七年十月)で、文学におけるロマンティシズムが「ファシズムの虹」の役割をはたしつつあることなどを指摘し、「文学上の復古的復唱」(「都新聞」三七年三月八日~十一日)では、「微温的な懐古調を、昨今は、花見る人の長刀的こわもてのものにし」ている状況を、言葉を選びつつも鋭く批判している。宮本顕治はこの「解説」を百合子の評論題「冬を越す蕾」からとっているが、『文芸』一九三四年十二月号に掲載された百合子のその評論は、「転向」者への否定的評価は、逆に、抵抗をつづける者の存在が見直されてきていることを示しているのではないかとさりげなく書きとめつつ、プロレタリア文学運動内での敗北主義的な言説を批判し、インテリゲンチャの役割を問いかけている。

そのような論考がこの時期にもいくつかあるなかで、「今日の文学の展望」(一九三七年十二月二十四日脱稿、三笠書房『発達史日本講座』の第十巻『現代研究』の文学の部のために書いたが、翌年初めの執筆禁止のために発表されず、没後に発見)は、三〇年代初頭からの文学動向をふり返り、総括したものとして重要と思われる。

百合子の論考は、プロレタリア文化・文学の「敗北の時期」に、それとの関連で自身の敗北を追及し、芸術化しようとするところまで作家たちの腰が据わっていないこと、プロレタリア文学の退潮を余儀なくした社会事情は、いわゆる純文学の作家たちの成長してゆく条件も貧弱にしたこと、などを指摘し、文芸復興、不安の文学、能動精神、行動主義の提唱、日本浪曼派、純粋小説論……がどういうものだったかと概観する。パリで開催された「文化擁護国際作家大会」にふれ、文芸懇話会の動向を論じ、三木清のヒューマニズム論など知識人の動きや古典文学への復帰、あるいは二葉亭以来の純文学がとらえようとした日本近代に筆をおよぼしていく。また、中野重治、窪川稲子らの作品を評し、一九三七年も暮れようとしているときに、この一年の文学の諸経験はまことに深刻だと、明日への文学の流れを説いた。

しかし、けっして短くはないこの評論に、三〇年代半ば過ぎの文学者・知識人の人民戦線のこころみについてはひとこともない。『人民文庫』はその言葉さえ出てこない。前述した宮本顕治の戦後の総括的な「解説」から見て、私には不可解としか思えない百合子の文章である。先に述べた中野重治らの『文学評論』を評価し、一九三四年にフランスでは反ファシズム団体が政治的に結合し、思想家、作家たちが反ファシスト行動委員会を組織したことにはふれても、日本における反ファシズムの人民戦線運動には瞥見もない。いったいどうしたのか、と問いたくなる。

武田麟太郎については二箇所でふれられている。西鶴を見直して散文精神を唱え、プロレタリア作家と純文学作家とのあいだにあった摩擦を緩和し、文芸復興というかけ声に参集させようとしているが、「実は、益々文芸復興なるものの空虚さを明らかにするに過ぎなかった」と一つのところで言い、別のところでは、純文学と通俗小説の混ぜ合わせがおこなわれ、武田も新聞小説に進出するようになった、とある。評価は消極的である。というより、百合子の文章には珍しいほど物言いが粗く、武田を対立する存在と見ているかと思わせられる。

宮本顕治の「解説」は、百合子の論考の一つひとつに即して、人民戦線運動のことに論及したものではない。しかし、未発表とはいえ、「今日の文学の展望」に示された百合子の大きな欠落といってもいい三〇年代の文学戦線の現状と動向の把握は、ひとり百合子の問題ではないという考えは持っただろう。

しかも、宮本顕治がこれを書いていたとき、日本共産党は「逆コース」のなかで、一九五〇年の中央委員二十四人をはじめ党員とその支持者の公職追放、「アカハタ」停刊、と弾圧を受け（レッドパージ）ていた。また、事実上の分裂状態で自身も中央の役職がありながら九州の地へ派遣されるなど、連合国占領下で苦闘を余儀なくされていた。勃発した朝鮮戦争は、あるいは第三次世界大戦へひろがるかといわれ、米大統領による原爆使用も公言された。戦争の危険と国内弾圧の強化は、「いつか来た道」を切迫して感じさせたにちがいない。三〇年代の反ファッショ人民戦線を正しく総括する必要があるという宮本の言葉は、文学のこととはいえ、五一年当時の心ある人々への呼びかけでもあったろう。

重要だと思われるのは、四七年には宮本顕治の問題意識にあった「革命的主翼」の「健在」如何が主題にのぼらず、「革命的主翼」が分裂と半非合法状態におかれた五一年当時の現実のなかで、可能な抵抗線をどのように築くかが念頭におかれていることである。

やがて、公職追放が撤回され（といって職場復帰をした人はほとんどいなかったが）、党の分裂状態も解消されていくと、社会変革を推進する主体としての党の建設が重要課題になってくる。一九八〇年の『宮本顕治文芸評論選集』第一巻「あとがき」では、三〇年代のプロレタリア文学運動にふれて、基本的な総括の視点として再び四七年の「新しい政治と文学」で述べたことが引かれてくる。五一年当時の指摘が、六〇年代、七〇年代の経験を踏まえて展開されることはなかった。戦時には戦時の、平時には平時の、命題があり対応があるのは、政治の世界では当然のことと、いまとなっては思うしかない。

しかし、文学は政治とはちがう。文学は、創造・批評の世界を通じてそこに時代や社会を貫いて流れる「普遍」を見たいと思うものである。宮本顕治もまた、百合子をもっともよく知るひとりの文芸評論家として、「解説」の文章を書いたであろう。一九五一年現下の政治社会状況を見つめ、その逼迫を痛切に思い、だからこそ一九三〇年代の天皇制下の「特殊」をふり返りつつ、「普遍」のこととして人民戦線の問題を提起したにちがいない。

文学や文化というものが、巨大に立ちはだかる強権、抑圧の壁に向かってどのように有効にたたかい、そのなかからどのように創造世界を豊穣のものにし得るかのだいじなヒントがそこにあるだろう。武田麟太郎と『人民文庫』に正当の位置を与えることは、三〇年代の彼らにとってだけではなく、明日の文学にとってかけがえのないことだと私は思う。それは、文学を生み出す社会の明日をどう構想し、力を尽くすかという、現代を生きる人間のありようと不可分だろうからである。

【追記】本稿は『民主文学』二〇一二年三月号に発表したものだが、それ以後、わが国では安倍政権の暴走に対して、とくに二〇一五年～一六年、集団的自衛権の行使をはかる安全保障法案をめぐって野党と市民連合との共闘が実現し、それは、引き続く参議院選挙での大連合にまでなった。私は、武田麟太郎たちの苦闘、模索がそこに重なり、感慨もひとしおのものがあった。とくに、武田が『人民文庫』を民主主義の線で捉えようとしていたことには、あらためて心揺すぶられた。ファシズム、強権政治に抗する二十一世紀型の市民革命がどのように発展するかは未知数だが、そこには一九三〇年代の武田たちもいると思いたい気がしている。

【主な参考文献】（小説作品および本文中に引用、紹介したものを除く）

〈アジア・太平洋戦争全般〉

藤原彰『十五年戦争史』（全4巻、共編、青木書店、１９８８-１９８９）、江口圭一『十五年戦争小史』（青木書店、１９８６年）、山中恒『アジア・太平洋戦争史―同時代人はどう見ていたか』（上下、岩波現代文庫、２０１５）、吉田裕『アジア・太平洋戦争　シリーズ日本近現代史⑥』（岩波新書、２００７）、加藤陽子『満州事変から日中戦争へ　シリーズ日本近現代史⑤』（岩波新書、２００７）、イアン・トール『太平洋の試練　ガダルカナルからサイパン陥落まで』（上下、村上和久訳、文藝春秋、２０１６）、家永三郎『戦争責任』（岩波書店、１９８５）、荒井信一『戦争責任論　現代史からの問い』（岩波現代文庫、２００５）、原田敬一『戦争の終わらせ方』（新日本出版社、２０１５）

〈中国、アジア、南太平洋戦線および加害の記録など〉

常石敬一『消えた細菌戦部隊―関東軍第七三一部隊』（海鳴社、１９８１）、藤原彰『南京の日本軍　南京大虐殺とその背景』（大月書店、１９９７）、同『中国戦線従軍記』（同、２００２）、同『天皇の軍隊と日中戦争』（同、２００６）、同『餓死《うえじに》した英霊たち』（青木書店、２００１）、笠原十九司『南京事件』（岩波新書、１９９７）、平頂山事件訴訟弁護団『平頂山事件とは何だったのか』（高文研、２００８）、不戦兵士・市民の会、猪熊得郎『人を殺して死ねよとは　元兵士たちが語り継ぐ軍隊・戦争の真実』（本の泉社、２０１１）、朝日新聞山形支局『聞き書き　ある憲兵の記録』（朝日文庫、１９９１）、桑島節郎『華北戦記―中国にあったほんとうの戦争』（同、１９９７）、吉澤南『私たちの中のアジア戦争　仏領インドシナの「日本人」』（有志舎、２０１０）、伊香俊哉『戦争はどう記憶されるのか　日中両国の共鳴と相克』（柏書房、２０１４）、遠藤美幸『「戦場体験」を受け継ぐということ　ビルマルートの拉孟全滅戦の生存者を尋ね歩いて』（高文研、２０１４）、栗原俊雄『特攻―戦争と日本人』（中公新書、２０１５）、シャーウィン裕子『戦争を悼む人びと』（高文研、２０１６）、宮地正人編著『宮地正明・福江夫婦年譜』（私家版、２０１６）、笠井亮平『インド独立の志士「朝子」』（白水社、２０１６）

〈沖縄戦関係〉

大江健三郎『沖縄ノート』（岩波新書、１９７０）、大田昌秀『総史　沖縄戦』（岩波書店、１９８２）、沖縄タイムス社『沖縄戦記　鉄の暴風』（沖縄タイムス社、１９９３）、謝花直美『証言 沖縄「集団自決」―慶良間諸島で何が起きたか』（岩波新書、２００８）、古堅実吉『命かじり―古堅実吉回想録』（琉球新報社、２００２）、新崎盛暉『沖縄現代史　新版』（岩波新書、２００５）、櫻澤誠『沖縄現代史　米国統治、本土復帰から「オール沖縄」まで』（中公新書、２０１５）、ＮＨＫスペシャル取材班『沖縄戦全記録』（新日本出版社、２０１６）、同『僕は少年ゲリラ兵だった　陸軍中野学校が作った沖縄戦秘密部隊』（新潮社）

〈その他、文学関係など〉

戸石泰一『消灯ラッパと兵隊』（ＫＫベストセラーズ、１９７６）、高崎隆治『戦争と戦争文学と』（日本図書センター、１９８６）、武田泰淳『評論集　滅亡について　他三十編』（川西政明編、岩波文庫、１９９２）、大川公一『竹林の隠者―富士正晴の生涯』（影書房、１９９９）、火野葦平『小説　陸軍』（上下、中公文庫、２０００）、池田浩士『火野葦平論』（インパクト出版会、２０００）、川本三郎『林芙美子の昭和』（新書館、２００３）、岡田和裕『囚人部隊　インパール日本陸軍囚徒兵たちの生と死』（光人社ＮＦ文庫、２００４）、大岡昇平『レイテ戦記』（中公文庫、１９７４）、同『戦争』（岩波現代文庫、２００７）、竹内浩三『戦死やあわれ』（小林察編、岩波現代文庫、２００３）、川西政明『武田泰淳伝』（講談社、２００５）、佐藤静夫『八月からの里程標』（光陽出版社、２００６）、堀田善衛『上海にて』（集英社文庫、２００８）、尾西康充『田村泰次郎の戦争文学―中国山西省での従軍体験から』（笠間書院、２００８）、同『戦争を描くリアリズム：石川達三・丹羽文雄・田村泰次郎を中心に』（大月書店、２０１４）、渡邊一民『武田泰淳と竹内好―近代日本にとっての中国』（みすず書房、２０１０）、今村修『ペンと兵隊　火野葦平の戦争認識』（石風社、２０１２）, 神子島健『戦場へ征く、戦場から還る　火野葦平、石川達三、神山潤の描いた兵士たち』（新曜社、２０１２）、高井有一『時のながめ』（新潮社、２０１５）

あとがき

「人間は、いちばん先に、感情が死んでしまうのかもしれない」――伊藤桂一は、のちに白骨街道、靖国街道などといわれたインパール退却戦の山中で死んでいく兵たちをそう表現した（『遙かなインパール』）。私は、戦争小説のそうした印象的な言葉や表現に出合うたびに、読書を通じて追体験しているアジア・太平洋戦争と戦場をきちんと記憶しておかなくてはいけないと何度も思った。だから、当初は日本文学があの戦争をどうえがいたかをまとめるつもりでいた。それが、読んでいくうちに、どうにも座り心地のよくないものを感じ始めた。

たとえば、伊藤桂一は『静かなノモンハン』など日本で有数の戦場小説家だが、一九三八年から約四年、中国山西省の治安戦に従軍している。しかし、そこで日本軍が何をやったかは書かないままでいる。古山高麗雄は、『断作戦』『龍陵会戦』『フーコン戦記』の戦争三部作を前二作は体験を踏まえて著した。それでも、日本軍が中国・雲南地方で何をやったかにはついに触れることがなかった。伊藤や古山のように、戦場体験を深く見つめ、文学に誠実であった作家でさえそうなるのはなぜなのか、私は引っかかったし、そこに何か大きな、彼らにとってというだけではない、「躓きの石」を思った。それは、三・一一東日本大震災、福島原発事故をすでに遠い過去のものとして、とりわけ原発事故は、今のところ誰も何も責任をとらないまま もうなかったかのようにして、輸出だ、再稼働だと、先へか振り出しからか分からないが進もうとしている、この国のある種の風潮と深く関わっているかもしれない。

本書が戦争加害を日本文学がどうえがいてきたかを検証したのはそういう思いからである。その分、引用・紹介が多くなったがどうかご海容いただきたい。

日本文学は、あの戦争で兵士がどれほどひどい目に遭ったか、庶民はどれほど巻き添えになり、嘆き悲しんだかを無数に書いてきた。しかし、それ以上ともいえる悲嘆、憤怒、絶望を中国・朝鮮はじめアジアの人たちに与えたことについては、ほんの数えるほどしか書いてこなかった。戦争・戦場では死を選ぶことはできない。爆弾に落ちるなと叫んでも詮ないことである。もし選べるとしたら自死・自決だが、これはほとんど命令である。それに対して、殺さないことは選べた。大岡昇平が「捉まるまで」(『俘虜記』)でえがいたように、敵兵を目の前にして彼は引き金をひかなかった。同じように、殺すことも選べた。しかし多くの場合、殺す時は人間でなくなったときだとしてきた。戦争だからやむをえない、戦争は人間を狂気にする、命令に従っただけ……。果たしてそうなのか、あれは人間の仕業ではなかったのか。では、人間とは何なのか。これは、戦争体験を受け継ぐうえでも考えないといけない問題ではないだろうか。本書が問題提起の一つになってくれればいいと思う。批判、感想をお聞かせいただきたい。

本書の「序、戦争体験は語れないが」は季刊雑誌『季論21』31号(二〇一六年冬号)に、「付、一九三〇年代の抵抗線―武田麟太郎と『人民文庫』の場合」は『民主文学』二〇一二年三月号にそれぞれ発表したものを補筆、改題した。本書は先輩作家諸氏や評論家、歴史研究の先達、本の泉社の人たちに助けられて成った。記して感謝の意としたい。

二〇一六年七月

新船海三郎

新船　海三郎（しんふね　かいさぶろう）
一九四七年北海道留萌生まれ、日本文芸家協会、日本民主主義文学会会員。
著書に『歴史の道程と文学』『藤沢周平 志高く情厚く』『鞍馬天狗はどこへ行く 小説に読む幕末・維新』（以上、新日本出版社）、インタビュー集『わが文学の原風景 作家は語る』（小学館）、『史観と文学のあいだ』『文学の意志、批評の言葉』『不同調の音色 安岡章太郎私論』『藤沢周平が描いた幕末維新』、『身を知る雨』、インタビュー集『状況への言葉 フクシマ、沖縄、「在日」』（以上、本の泉社）など。
思想・文化誌『季論21』（季刊）編集責任者。

戦争《せんそう》は殺《ころ》すことから始《はじ》まった
日本文学《にほんぶんがく》と加害《かがい》の諸相《しょそう》

二〇一六年九月一日　第一刷発行

著　者　新船海三郎
発行者　比留川洋
発行所　本の泉社
〒113-0033
東京都文京区本郷二-二五-六
Tel　03(5800)8494
FAX　03(5800)5353

印刷／製本　新日本印刷（株）

ISBN978-4-7807-1288-9 C0095　Printed in Japan